U0029834

# 也不是不愛了

還是女孩時，
總不顧一切轟轟烈烈去愛，
遍體鱗傷也不怕痛。

如今成了所謂的「女人」，
只渴望遇到一個人相知相伴，
別再互相傷害。

暢銷作者
雪倫—著

# 1
## 關於年紀，二十、三十、四十。

二十歲的時候對年紀無感，因為就像人家說的，還有大好未來。

三十歲的時候對年紀緊張，因為三開頭了，不能一事無成。

四十歲的時候對年紀無謂，因為老也老了，也不能改變什麼。

其實，人繞了一圈，就會發現最後走的路好像也都差不多，要不積極、要不放棄，然後不管你是積極還是放棄，都能活下去。

這大概是年紀即將步入四開頭的我活到現在的結論。其實是有點哀傷啦，人家說什麼只要年紀到了，大部分人都會大徹大悟，對人生會有不一樣的解釋，但我沒有。

人生真諦就是一句，能吃能睡就是福。

我承認自己是越活越沒有志氣了，可那又怎樣，我還是活著。當然有時會覺得有點辛苦，不過忍一下也是會過的。

就比如現在。

砰的一聲。

辦公室上的東西都被憶珊掃下桌，包括她最近剛買的愛瑪仕咖啡杯。

我馬上將身子挪挪，往後坐一點。第一，我超害怕她的強力音波；第二，我害怕她噴發的口水；第三，我沒有什麼興趣看別人教訓下屬，雖然那個女孩也算是我的下屬。

憶珊朝著月彤破口大罵，「妳腦袋是裝了什麼？全世界就只有妳的萬聖節是九月三十一日，他媽的讓我最氣的還是九月根本沒有三十一日，這樣的文稿妳也發得出去？然後底下一堆智障還沒有仔細看，全台灣十五間分店DM全印錯。我講過幾百遍了，所有出去的東西都要給我再三確認。」憶珊大笑三聲之後，繼續說：「好啊，今天唯一確認過的就是我們行銷部員工都不帶腦子來上班的，我輸！今天看是妳要辭職，還是我辭職算了！」

月彤雖被罵成這樣，倒是也很沉得住氣，沒有眼光泛淚，也沒有委屈不已，很直接了當的對憶珊道歉，「主任，對不起，我會負責。」

「妳用什麼負責？就用妳那張嘴嗎？」

月彤深吸口氣後提出建議，「可不可以印貼紙出來貼，我會處理到好再下班，費用也從我薪水裡面扣。」

「兩萬份ＤＭ，妳打算要怎麼貼？」

「給我三個，不！兩個晚上，我會利用下班時間處理，一定弄到好。」

憶珊瞪著月彤，月彤看著憶珊，兩人對峙時，我好像看到了二十幾歲的我和三十歲的我正在吵架。歲月就是這樣子，你還沒感到自己老了，年齡就是會無時無刻提醒妳。

年齡：喂，妳快四十囉。

我：喔，然後呢？

二十歲的鼻孔跟四十歲的鼻孔不都一樣在呼吸嗎？

突然聽到有人大吼一聲，「副理！」

我嚇了一跳，馬上從我和年齡的爭執中回神。只看到憶珊瞪大眼睛看著我，一臉「妳到底在幹嘛」的表情。這有什麼好懷疑的？不就是出神嗎？看不出來嗎？

「嗯？」我微笑回應。

「妳覺得這樣可以嗎？」憶珊再問我。

「什麼怎樣可以？」

「月彤剛才說的解決方式，妳可以接受嗎？」

「可以吧。」我說。

憶珊用不能諒解的眼神盯著我。說真的，如果不是她還喊我一聲副理，我可能現在死無全屍。但我就覺得可以啊！

月彤向我不停的鞠躬道謝，「謝謝副理，我一定會負責的。」那表情好像我拯救了她的全世界。

我點點頭，「去處理吧。」

「謝謝副理、謝謝主任，那我先去忙了。」月彤說完，又朝我和憶珊行了好大一個禮，才轉身離開。接著，月彤一關上辦公室的門，我就後悔了，我居然忘了跟她一起溜！

希望還來得及。

我起身拉拉衣服，準備裝沒事的離開憶珊辦公室時，她就冷冷喊我，「副理，妳這樣就要走了？」

「不然呢？我休假耶，就因為妳一通電話，我馬上丟下我的美劇，搭計程車趕來公司了，妳還要我怎樣？」哈囉，我在公司十五年了，累積的休假簡直可以直接躺在床上廢半年，不讓我休完，我如果先死了怎麼辦？不是很不划算？

憶珊沒好氣的說：「發生這麼大的事，我能不跟妳報告嗎？」

「兩萬份的ＤＭ算大事嗎？」

「跟ＤＭ沒關係，我是氣他們不用心！我們酷樂 FOOD 就是美式連鎖餐廳，最重要的節日檔期在耶誕節之外就是萬聖節，結果活動日期居然出現九月三十一日，妳不覺得很誇張嗎？我是叫妳來訓他們一頓的，妳竟然輕輕放下。」

「可能我年紀大了，沒力氣了。」我認真說著。

然後換來憶珊一聲大吼，「副理！」

我真的是耳膜都要破了，忍不住勸憶珊，「劉憶珊，妳可以放鬆一點嗎？別把他們逼得太緊了。」

憶珊不可思議的看著我，「芷言姊，這真的是從妳口中說出來的話嗎？」

「難道妳眼前有兩個楊芷言？」

「不是啊，妳什麼時候人這麼好了？」

「我人很差嗎？」

「妳以前明明很賤！我在妳手下工作七年，被妳罵過八百四十一次，被罵哭過六十九次，被罵到想離職有十三次。妳以前怎麼逼我的，我就用一樣的方式逼他們，我都跟妳學的，然後妳現在要當好人？」

我認真的點點頭，「離下地獄的日子越來越近，我想多積點德。」

憶珊氣到去撞牆，我是說真的。我繼續坐在沙發上喝著珍奶，吃著蛋餅，看著她一個人發瘋，「妳不痛嗎？」我關心的問。

她轉頭瞪了我一眼，「我是叫妳來訓人的，不是叫妳來氣我的，早知道我自己處理就好了。而且都下午了，妳到底是去哪裡買到蛋餅的？」

「有志者事竟成。」我誠懇回答。

換她快被我氣瘋了，走來我旁邊坐下，深吸口氣說：「芷言姊，妳以前真的不是這樣的。」

我笑了笑，「我以前不就跟現在的妳一樣嗎？」工作第一，永遠都是工作第一，也沒有誰拿著槍在我身後追，但腳步就是停不下來。剛來公司時，想快點變成正式員工，接著想趕快當上組長、主任，一直到現在的副理。我以為自己不會停下來，可是活著、活著，突然間很想喘口氣。

似乎是在某個早上醒來，看著外面的灑進來的陽光，頓時覺得為什麼活得這麼累，是不是應該休息一下了？

於是，生活的順序換了，我開始慢慢把自己擺到前面順位，發現自己不再那趕了，而地球還是能轉。過去那些緊抓在手中的工作，也沒有因為換手而有什麼狀況。把自己想得太重要這種病，真的需要特別立一個新的門診項目。

藥單呢，就是把你丟到某個無人島上，在上面活一星期後再回來，就會發現一切照常，生活說到底就是一種替補，工作是，感情也是。

憶珊反問我，「所以妳的意思是，等我四十歲了，會跟妳現在一樣？」

「怎樣？口氣這麼嫌棄是怎樣？」我說。

憶珊一把將我拉到她的全身鏡前，不只口氣嫌棄，是全身細胞都在嫌棄的說：「妳看看妳，素顏就出門，然後妳身上穿的這是什麼鬼？小飛象的睡衣？妳什麼時候變成迪士尼少女？」她伸手一摸，突然倒抽一口氣，「天啊，妳還沒有穿內衣？芷言姊，妳很誇張耶！」

「因為我等一下回家會繼續躺著，我不想換衣服，小飛象又便宜又舒服，怎麼不能穿？反正我搭計程車來回，又不會有人看到！」

「我不是人嗎？那妳至少穿件內衣吧。」

「就不想穿啊。」而且穿跟不穿好像也沒有什麼兩樣，我的胸部已經填不滿我原本的胸罩罩杯，年紀越來越大，低頭就能一眼看穿胸部，直達充滿宿便的小腹，視線完全沒有任何阻礙。前兩天我去小七買酒，還有個阿公在我旁邊說：太太，懷孕不要喝酒。

靠，我最氣的不是他叫我不要喝酒，是叫我「太太」。

憶珊聽我這樣回答，一副好像我真的沒救了的表情說：「妳以前真的不會把自己搞成這樣的。」

我想了想，笑笑的回答她，「可是我喜歡我現在的樣子。」

但我也知道為什麼憶珊會驚訝，因為三十幾歲的我，就跟她現在一樣，打扮得體又亮麗，每個月要犒賞自己，就買個當季名牌包或鞋子。那時候我房間裡的兩個衣櫃都不夠放，我覺得對自己好，就是買自己喜歡的東西。

可現在名牌包和鞋子早就滿足不了我，現在我覺得對自己好的方式，是隨心所欲過我想過的日子，怎麼舒服怎麼來。我不會勉強自己加班，因為我知道，總有一天我會在這個位置被替換，而我的人生，只有我自己能過。

以前追求的是怎麼賺大錢，現在追求的是所有人都聽膩，卻是所有人都很難做到的健康快樂。記得以前都覺得健康快樂真是句廢話，但是當你越活越大，越活越久，才發現這句話根本所有人都要刻在腳底、銘記在心才可以。

不過我不會解釋這些給憶珊聽，因為她的生活，要她自己去經歷。我不知道她以後會變成什麼樣子，就像三十歲的我，也不知道四十歲的自己會活成什麼模樣。直到我走到現在，才知道現在的自己也還不算太差。

憶珊已經懶得說我了，「好好好，妳開心就好。」

「當然是我開心就好啊。」我說。

「但妳還打算要開心多久，真的要休上一個月才可以？」

「不好意思，我的假單是休三個月。」

「芷言姊！」

「幹嘛啦？」

「妳不在，芬妮經理也不在，什麼事都我在處理，我真的會累死。」

「妳不會，人沒有那麼容易累死的。」我語氣真摯。想當初，我每天熬夜，有時候還睡在公司，也覺得我總有一天會累死、會暴斃。可是沒有，我還是好好活著，只是偶爾會心疼那時候的自己那麼拚幹嘛。另一方面，也感謝那時候自己的努力，至少存了點錢，就算真的出什麼意外，還有一點經濟能力可以支撐自己。

如果你問我，這世界什麼事最重要，我會無庸至疑的說：「錢。」錢或許買不到你想要的快樂，但它讓你安心。我可以沒有男人，不能沒有錢。所以我拍拍憶珊鼓勵，「趁我跟芬妮姊都不在，妳就趕緊賺代理人職務津貼，一個月夠妳多買兩個包！」

芬妮姊是我進公司後，最一開始帶我的人。我是被她罵到大的，就像憶珊被我罵過一樣。女人的成長有時候是一種複製，等到被某個黑點籠罩，才會分裂成為自己的樣子。

芬妮姊走了另一條路，她在我這個年紀時結婚了，成為職業婦女。在公司呼風喚雨的行銷經理，回家卻是幫老公撿襪子、洗內褲，她怡然自得，忙得開心忙得 happy。她高興比什麼都重要，但一年一年過去了，老公在芬妮四十五歲那一年說想要個孩子，於是各種做孩子的行程，讓芬妮姊再也無法負荷，便決定先留職停薪，好好做孩子。就這樣又一年過去了，芬妮姊的肚子比我的還要平。

上個月一起吃飯，她笑著對我說她現在閉著眼睛都能打排卵針，要我稱讚她。我給了她一個愛的鼓勵，我覺得她好厲害、好堅強，好讓我心疼。只能努力不在她面前露出一點點不捨的表情，我怕她會更受傷。

我覺得最難堪的事，不是被人家知道你窮，而是知道你不快樂。

而不去戳破別人的弱點，是身為人最基本的禮貌。所以整場飯局在排卵針笑話後，全都在講垃圾話。不要以為四十歲的女人都很成熟，再怎麼老的女人，心裡都還活著一個少女，每個女人都有雙重以上的人格。

聊完一圈美劇、韓劇的帥哥後，芬妮姊突然跟我說：「喂，芷言，我在想要不要乾脆把工作辭了。不想佔著茅坑不拉屎，這樣好像我擋了妳的路。」

「妳都說是茅坑了，還要我去？」想當初我多想去茅坑，要我吃屎都可以。但我現在的企圖心不在工作，而在生活。

「如果我去年辭掉，妳早就是經理了。」

「現在是副理也沒有不好啊。」

「妳什麼時候這麼……」

「不上進？」我說。

芬妮姊笑笑，「不是，覺得妳突然好像變了個人一樣。」大家都覺得我變了，可是大家都在變，只是自己沒有發現而已。

「我也覺得我變了。芬妮姊，妳那個經理的位置，我沒有很在乎，所以妳不用考慮我。但妳自己在不在乎，我不知道，我還是覺得妳多想一下再決定。反正老總沒叫妳辭職，妳就繼續留職停薪有什麼關係？人要為自己留點後路。」我相信她知道我在說什麼。

人生所有的後路，都是自己，這大概是我活了三十九年來得到的教訓。

芬妮姊沒有回答我，只是笑笑。最後我們結束了午餐，我送她到著名的婦產科門口後就走了。她的困境只有她自己才能突破，就像我現在要突破憶珊的箝制一樣。

我拍拍憶姍的肩，「加油，妳已經熬過半個月了。」

她沒好氣的看著我，「妳跟芬妮姊真夠狠的！知道了啦，我自己來就自己來，可是我不管喔，我有事一樣會打給妳。」

「好。」但我不會接。「那我要回家了，陰屍路還沒看完呢。」我話一說完，她又朝我翻了個白眼。我這個當主管的不但沒有對她生氣，反而對她笑笑。

準備要溜走時，憶珊又喊住我，「等一下！」

我真的是瞬間頭皮發麻，還以為她又要幹嘛，卻看她從辦公桌底下拿了個提袋給我，接著終於笑著對我說了一句，「生日快樂！」

我這才發現，我被耍了。

「這才是妳叫我來的目地吧？」

「當然！訓人哪用妳出馬，我來就好了，就是知道妳放假不想出門，本來想放到妳家樓下管理室，但想想妳真的過得太爽，我又太想妳了，只好用這招讓妳出門。」

我沒有生氣，我只能說青出於藍，更甚於藍。「謝啦！」以前最不知道怎麼接受別人好意的我，也不知道在什麼時候變得隨和。你的刺總會在某個時候，某個你不知道的時候變軟或收斂起來。

「希望妳看在我這麼有誠意的分上，早點回來上班。」

「應該不會。」我很坦誠的說。就算隨和，我也還是很討人厭的那種隨和，所以還是被憶珊瞪了。

但有什麼關係？被瞪又不會痛，我笑笑的提著她送我的禮物準備走人時，我的手機響了。我看著螢幕顯示，猶豫了一下才接起，憶珊識相的回去她的位置工作。

「怎麼了？」我說。

「在哪？」

「公司。」

「去公司幹嘛？」

「有點事。」

「那剛好，妳陪我去個地方。」

「哪裡？」

「去了再說，我過去公司接妳。」然後對方就結束通話了。我真心傻眼，再撥回去，他只是在接通後補了一句，「差不多二十分鐘，很快！」又立刻掛我電話。我差不多深呼吸八十次，才不至於撥過去吵架。

憶珊見我表情不是太好看，小心的問：「友新哥？」

「嗯。」

「妳表情怎麼這樣，不開心？」

我搖搖頭，「沒什麼，他要來接我，我下去等他了。」

憶珊丟了件外套給我，「穿著吧。」

我沒有拒絕，把外套穿上，跟憶珊說了再見後，走出她的辦公室，再次大大方方以睡衣及素顏姿態，向所有同事說再見。雖然我從以前就不怎麼在乎別人眼光，如今更是。

就在我等電梯時，看到月彤從逃生梯的門走進來。我們兩個對上眼，她滿臉尷尬。我怎麼會不知道那個逃生梯的空間承接了多少女孩的眼淚，十幾年前我也常在那裡哭。

我給了她一個微笑，她朝我頷首致意後，從我身後走過時，我還是忍不住喊了她，「月彤！」

她一凜，停步，可能以為我要罵她吧。但我沒有，只是笑笑對她說：「我跟經理都休假中，主任壓力很大，妳多幫幫她，也多體諒她。」

月彤震驚的看著我，「我以為副理也要罵我。」

「會檢討自己的人，罵一次就夠了，不會檢討自己的人，罵一輩子都是那樣。但妳這次失誤的確很嚴重，也不像妳會犯的錯。妳進公司一年多了，妳的能力到哪裡，我不是不清楚。」

「是我沒有仔細校稿，是我的錯，所以主任生氣是應該的，我下次絕對不會再犯了。」她很堅定的說。

我點點頭微笑。下次絕對不會再犯這句話我也說過，在一次公關活動因為自作主張換了VIP的位置，造成誤會，被芬妮姊叫去罵了兩個小時。

人不可能吃一次苦頭就會學乖的。

「好，那妳去忙吧。」但這些話我不會告訴月彤，我的經歷是我自己的，她要走過一次，才會是她的。

我和月彤道了再見，搭了電梯下樓，就看到友新已經在門口。他看到我穿睡衣，還披著憶珊的西裝外套，驚訝的說：「妳怎麼這樣出門？而且還是來公司。」

「我就打算來一下而已，怎麼了，有什麼事？」

他牽起我的手，「走吧，先去買衣服。」

「買什麼衣服？我衣服很多，不用買。」

他沒有回答我，直接拉著我走出公司。

上了他的車，我有點不高興，「以後要幹嘛，可以先說一聲嗎？」

「陪我去吃個飯。」

「你不用上班？」

他是科技公司的人資部副理，跟我一樣都是從基層一步步做起的。前年因為做耶誕節活動，找他們公司來處理客戶名單系統的管理才認識。兩人聊到以前菜鳥時期吃過的苦跟鬧過的笑話，有了共同話題，又都喜歡四處去吃東西，就這樣約吃飯，吃成了伴侶。

「今天下午特休，我帶妳去買衣服，然後去吃頓好吃的。」

「不用了啦，回家叫外送也行，為了吃頓飯去買衣服很荒唐。」

「我也很久沒有送妳東西了，幫我花點錢。」他笑笑，繼續開車，完全無視我的拒絕。這也是讓我常覺得很累的地方，他對我很好，也很大方，大家常說我們是金童玉女，我只想到紙紮的，要點火燒的那種。

我很清楚我要的是和另外一半在一起的舒適感，他卻以為只要願意為另一半花錢，就是最好的情人。

可是，我自己也在賺錢，我有能力對自己大方。

我不想拒絕他，因為他會生氣，會覺得我無視他的好意。這點常讓我倍感壓力，也很想打我自己巴掌。我努力不想勉強自己，但很顯然，我現在在這段感情裡勉強。

我坐在車上，想了很久，還是希望能好好溝通。

「友新，下次要一起吃飯，可不可以提前跟我說？這樣我就可以準備好等你。」

「妳不喜歡驚喜？」

「不喜歡。」那是二十歲時的興趣。

「騙人，哪個女人不喜歡？而且我跟妳吃飯還要先約嗎？我又不是妳的客戶！」他牽起我的手，笑笑的對我說：「我是妳男朋友。」

「我當然知道你是我男朋友，可是我不喜歡自己的計畫被打亂，我今天就想待在家裡追劇、洗衣服、做點運動，來公司已經是我的極限了，本來都想說可以回去休息了……」

友新聽到我這麼說，不開心的放開我的手，「我開開心心要帶妳去吃飯，妳就非要這樣潑我冷水。我凡事把妳放第一位，妳卻只想追劇跟洗衣服？我們兩天沒見了，妳就一點都不想我？」

「這是兩回事。」

我說完，他就爆炸了。他把車停到路邊，眼神冒火的說：「妳要不要乾脆承認，妳沒有我那麼在乎這段感情。」

友新的話，讓我瞬間無所遁形。

他說對了，但只說對一半。我不是不在乎這段感情，而是我越來越不在乎所謂的感情。誰沒有轟轟烈烈愛過？但當每一次的戀愛都像戰爭一樣，不是毀了我，就是壞了對方，久了，我開始不明白所謂的愛情到底該是什模樣。

久了，我也不懂那些兩性作家在說什麼屁話，好的愛情讓你上天堂，不好的愛情讓你成長，甚至能成為你的養分。哈囉？我至今不能理解，為什麼別人可以在我的人生裡施肥？把屎淋在我的生活裡？

我不想受傷，也不想讓別人受傷。

當初和友新在一起，我很清楚跟他說明，我不打算結婚，也不想生小孩，但我很願意擁有一個能分享一切生活的伴侶，平平凡凡、簡簡單單就好，他說他也是。

結果，隔天全公司的人都知道我們在一起了，我超傻眼。

接著，剛在一起的那個月，他安排了交往的滿月驚喜，把他爸媽跟朋友全都請來了。接著百日也一個驚喜，半年又一個。他總有名目來製造驚喜，但那對我來說是一次次的驚嚇，我甚至一點也不覺得浪漫，我覺得成為眾人注視的焦點，是一種全身不自在的負擔。

可是他不懂，他只覺得一般女孩子都會喜歡。直到我很明確的告訴他，我真的真的真的不喜歡，他為此生了兩個星期的悶氣。和好後，他答應我不會再給我這種驚喜，也不會讓我有壓力。

就在我以為可以鬆口氣時，他又幫我辦了個盛大的生日派對。他說生日不一樣，然後耶誕節也不一樣，最後我放棄了，不知道是放棄他，還是放棄了自己。

「妳不說話是默認的意思嗎？」他更加生氣的說。

「我不想吵架，我請特休就是想好好休息，不是讓自己更忙更累，那我上班不就好了？我只是跟你說，下次有相同狀況，你可以事先告訴我。」我其實也有點不高興。

他見我表情不是太好看，或許也是不想跟我吵架，假裝沒事繼續開車，委屈的說：「知道了。」

其實看他這樣妥協，我不是不知道他的心情，因為過去，在感情中我也不是沒有妥協過，我知道那有多委屈。或許，我們真的不是那麼適合。

我看著友新，突然覺得坐在這個副駕的人，不應該是自己，而是一個會喜歡他任何安排跟驚喜，會滿臉幸福露出感動眼神的女孩。可我真的做不到。

「怎麼了？我都說我知道了，妳還生我的氣嗎？」他又一臉委屈的樣子。我真的是有什麼話都吞了下去。不要懷疑，邁進四十歲真的一樣孬。什麼成長、什麼成熟，都化成皺紋在你的臉上，都成了脂肪在你的身上。

要說四十歲最大的改變是什麼，就是吃得多，然後瘦不了。

三十而立，四十只想坐。

我朝友新搖搖頭，努力扯出一個微笑，轉移話題，「既然要買衣服，那就去我們常吃的那間牛肉麵附近吧。」

「那裡哪有什麼服飾店？」

「有啊，就那間平價的啊，我順便買兩套居家服。」

我才說完，就見友新愣了一下。他有些不耐的說：「我們是要去吃飯的，妳又要買睡衣？」

「那邊也有些外出服啊。」

「不夠隆重。」他說。

「到底是要去哪裡吃飯？」我心裡直覺不對勁。

他嘆了口氣，「我好不容易拜託朋友，幫我訂到米其林二星那間全台灣最難訂位的餐廳。妳不是也一直很想吃，可是都訂不到嗎？去買套像樣點的衣服去吃飯，有這麼難嗎？」

「對不起，我不知道是去那種餐廳，我以為只是隨便吃吃。」

聽到我道歉，友新表情才好看一點，伸手摸摸我的臉，「沒關係，本來想給妳驚喜的，但妳真的太難騙了！」我尷尬笑笑，他繼續說：「這樣可以去買衣服了嗎？」

我點點頭。穿這樣進高級餐廳，我恥度真的沒有那麼高。

於是我們到了最近的百貨公司。友新還想拉我去精品店，最後被我堅持拒絕，在一般櫃位裡選到一件不錯，價格又還划算的連身洋裝。

他不能理解的看著我，「妳挑貴一點的真的沒關係。」

「貴的衣服不實穿，這件套了外套還可以上班穿。」衣櫃裡貴的衣服還少嗎？那時候買得多開心，現在只覺得丟也不是，送人也不是，捐出去更不是，誰平常要穿禮服？

他不能認同，但我也不想多講。才想去把衣服換上，又突然想到一件事。本來要走向試衣間的路線，直接改成走去結帳。

友新一臉莫名，「不換上嗎？」

「我還得去買個東西。」我說。

「什麼東西？」

我只能在友新的耳邊小聲說：「我今天沒穿內衣，要先去買一件。」

然後他又爆炸了，氣得轉身離開櫃位。

我自己付了買衣服的費用，才剛踏出櫃位，就被他一把抓到旁邊去。「楊芷言，妳是不是瘋了？沒穿內衣也敢出門？還在外面晃這麼久，我就想說妳怎麼會穿睡衣，外面又套了件這什麼西裝外套，到底是在幹嘛，結果居然是沒穿內衣。路上那麼多男人……妳！妳都幾歲了，還不知道保護自己？」

我才想說句話時，他又說：「不要跟我說妳本來就沒打算出門太久，正常女人出門就該穿內衣。」

我覺得我再聽下去，會把手上的提袋甩在他臉上，於是我深吸口氣打斷他，「我先去買衣服，你可以在這邊等我。」

我轉身走向內衣櫃，他還站在原地生悶氣。

不就是沒穿內衣，說得好像我幹了什麼違反道德的事，那程度像是要抓去浸豬籠才可以。穿了二十幾年內衣，我一天不穿出門是犯法了嗎？我有敲鑼打鼓跟全世界的人說欸我今天沒有穿內衣，我有可能會激凸，大家快來看嗎？

還是他覺得所有路人隨時都盯著別人的奶頭看？

我真的是邊走邊深呼吸，只想快點結束這場飯局，我想回家，想躺在屬於我的床上，在我的世界裡休養。外面世界太可怕了，我真的是精疲力盡。

在我穿好內衣、換好衣服的那一刻，友新才過來跟我說話，「下次絕對不准再沒穿內衣出門，我真的很生氣。」

他說完，拿走我手上的提袋，牽著我的手往停車場去。

我其實很想為我自己說話，但我知道沒用，因為他聽不進去，也不能理解。我就該乖乖的踩著他給我的台階走下來，而這個台階不只是給我的，也是給他自己的。我不要多說話就是了。

接著，一路上我們都沒什麼交談。快到目的地時，友新知道不能再這樣下去，便揚起笑容，想化解剛剛內衣事件造成的緊繃氣氛，對我說：「對了，怕妳等，餐點我都先點好了。」

啊？

「是不是該稱讚妳這個男友很貼心？」

或許有人會覺得這樣的行為很貼心，但我只想說貼心個屁？我連菜單都沒有看到？我想點我自己想吃的啊！這不就是吃美食的樂趣嗎？

我努力按捺，對自己說了千萬次的，「好，沒關係，下次我再帶憶珊來！」才有辦法深吸口氣，轉頭朝友新微笑說了聲，「謝謝你。」

他開心的揉揉我的頭說：「不客氣。」

要不是已經停好車了，我真的很想車門打開跳出去，看是變成半殘還是全殘都沒關係，我真的需要逃離這個空間。

我們進了餐廳，服務生帶我們到一間包廂。當我進到包廂，實在有些傻眼，裡面不是小型的雙人包廂，居然是個十二人座的長桌。我還沒反應過來，服務生已經將主位後頭的布廉扯下來。我再次碰上我最不能接受的東西，就是「驚喜」。

友新的爸媽、阿公阿嬤都來了，還有他的朋友，國中同學都來了。每個人輪流給我一朵玫瑰，笑得非常曖昧。我心裡真的有非常不詳的預感，如果鄭友新在此時此刻跟我求婚，我會給他一巴掌。

才這麼想完，就見他單腳下跪，拿出戒指，深情款款的對我說：「芷言，從我第一眼看到妳，就決定把妳娶回家。就算妳本來打定主意不結婚、不生孩子也沒關係，我告訴自己，只要努力，一定能打動妳，我相信妳會改變主意的！嫁給我！只有妳答應我，我才會起來，不然我就一直跪在這裡，等到妳點頭為止！」

我曾經被求婚過三次，但這真的是我聽過最情緒勒索的一段求婚詞。到底是誰教他的？還沒有找到答案，一旁已經不停的響起鼓勵的聲音，「嫁給他、嫁給他、嫁給他、嫁給他、嫁給他……」這敢情是大家一起說好的情緒勒索嗎？誰要嫁給一個威脅狂？

我正要開口拒絕，友新的阿公阿嬤有些行動不便的走到我的面前，「芷言，妳若是嫁進我們家，阿嬤一定會好好疼妳！」阿嬤伸手拍拍我的手，慈祥又和藹的對我說。

阿公又加碼，「若是阿新欺負妳，阿公也不會放過他！」

接著換他爸媽，「芷言，別擔心生孩子的問題，現在四十歲才生的女人一大堆，就算不行，妳趕緊去凍卵也可以。生完妳一樣可以繼續工作，孫子就我跟友新他爸一起帶，你們要過兩人世界也沒有問題的。」

接著就全部的人上來輪流告訴我，鄭友新有多好，是人都不能拒絕他。

可我還是說了那個字。

「不要。」接著全場安靜一片。

其實我不打算說得這麼直接的，可能是所有人的聲音一直不停在我耳邊吵，吵到我有些受不了，才這麼大聲說不要。

我本來是想說：「謝謝大家的好意，但我目前人生還有別的規畫，婚姻真的不在我的任何一個選項裡。謝謝阿公跟阿嬤的疼惜，我無緣當你們的孫媳婦。謝謝鄭爸鄭媽沒嫌棄我四十歲了，還鼓勵我一樣可以生小孩。謝謝所有友新的好友同學，本來該是上班時間，應該都為了他請了假，以為會是 happy ending，可惜不是，還可能連飯都吃不下。真的很抱歉，友新，我不能答應你的求婚。」

結果這一整段話，沒有一個字說出口，著急的我，喊了聲「不要」，就轉身跑出包廂。就說了，「孬」這種狀態，無論你幾歲，都能正常發揮。

本以為到此告一段落，結果友新氣沖沖追了出來，一把拽住我的手，一句話都不說的把我拉出餐廳，然後拉到車上去，臭著臉加速開車。

路上幾次差點和別人發生擦撞，我嚇到想叫還不敢出聲。我真的很怕這氣頭上他會做出什麼失控的事，就這麼任由他載著，也不知道他要載我去哪裡。

最後是我先受不了，轉頭問他，「到底要去哪？」

他看了我一眼，繼續往山上開，我心想可能明天新聞會出現，「拒絕求婚，四十歲女子陳屍深山。」底下留言應該會是，「天啊！四十歲還有人求婚喔？」「這男的也太善良了吧！」之類的種種幹話。

我雖然不想活太久，但也不想死於非命。於是我不再開口說任何一句話，等到他爽了、累了，自然就會停下來了吧？

一直到了山上，他才踩剎車，停在某個山崖邊，忿忿的對我說：「我到底哪裡不好？妳為什麼要這樣拒絕我？」

「我說了我不想結婚，你為什麼一定要逼我結婚？」我冷冷的回應。

這次沒有剎車，就算有，我也不想踩住了。

你有沒有想過，你想娶的是一個太太，還是我？

# 2

## 關於分手，二十歲哭天搶地、三十歲酒到病除、四十歲家常便飯。

友新十分受傷的看著我，「我逼妳結婚？」

「沒有嗎？你把全家大小叫來，把你的死黨知己喊來，你還說了，我不答應你就不起來！好，為了你的面子，我是應該當場收下戒指，再私下跟你說我不想結婚，這樣做是不想讓你難看。這樣你心情會比較好嗎？我就說了我不喜歡驚喜，我也沒有結婚的打算，這不是早就溝通過的事嗎？你為什麼就是不聽我說的話？」

他深呼吸了好幾次，才咬牙對著我說：「我這麼做就一點點都沒有感動到妳嗎？」

「沒有，真的沒有，比起你硬要給我這種驚喜，我倒寧願你在家裡煮泡麵跟我一起吃，陪我追陰屍路，睡到隔天中午。」

「我們結婚之後，就能每天過這種生活了。」他還是不死心。

我傻眼，我真的世界無助，無奈的說：「你不懂我的意思，你真的不懂。」

我什麼都不想再說，直接下車用力的大口深呼吸，以免我在車上窒息。但他不肯放過我，也不肯放過自己，跟著下車，追在我後頭大吼大叫，「妳繼續說啊，我在聽！」

可是聽還分了好幾種，有一種聽了當沒聽到，有一種是聽了但沒聽懂，另一種是不管妳說什麼我都不想聽。我不知道友新算是哪一種，但無論哪種，對我們眼下的感情狀態都是沒有任何幫助的。

我轉頭看著友新說，「我們先暫時分開一陣子好不好？」我的語氣無比真誠，如果舉白旗是投降，那我這句話差不多是舉十面白旗的程度，我在這場感情裡認輸。

他不能理解我有多無奈，先是傻眼的看著我，接著在一旁來回踱步和用力深呼吸，試著穩定情緒。但我剛那句話，仍像是狠狠戳到他的死穴一樣，他壓抑不住，直接朝我大吼，「妳不如直接說妳要分手算了！」

「也可以。」我說。

以前我會用那種，「我不是那個意思，但如果你堅持我沒有意見。」這樣的話來包裝自己，好讓自己不要顯得那麼賤。可這次我是真心想彼此冷靜一下。光是相處不到一天就有這麼多的摩擦，未來的路上要怎麼有你也有我？

我不是沒有想過和他一起慢慢變老，但如果對未來的認知差這麼多，分手其實也是早晚的事。如果他不能接受，我也不能再勉強他。

「楊芷言，妳怎麼可以這樣對我？我對妳不差啊！」

「不是好不好的問題，是適不適合的問題。我發現，是不是從一開始我們就不在相同頻率上？我們在一起之前約定的那些事，你問都沒有問過我的想法，就以你自己的猜測去認定。你以為對我好就會改變我不想結婚這件事，可是我真的不會啊，我就是真的不想不想不想！」我也是氣到了，說話越來越大聲。

友新失望的看了我一眼後，直接上車，把車開走了。

我愣在原地，三秒後笑了出來，真的是對著天空大笑出聲，笑到沒力蹲在地上。幸好抬頭還有滿天星空瞬間治癒我的心情，這一整天過得實在有夠鬧，今天還是我四十歲的生日。

那我想，三字頭的最後一天，我得到的教訓，大概就是人生從不會因為你幾歲就會變得順隧，有時候就只是你看得比較開而已。

我累得直接坐在山崖邊的枯木柱上，想到之前和某任男友去花蓮玩，也是因為吵架，他在半山腰把我趕下車，我氣到在路邊哭，一直哭到他回來載我，兩人又大吵一頓，最後還是分手。

從那次之後，我就去學開車，在手機殼裡面夾幾張大鈔。我害怕自己變成一個無助的人，那種沒辦法解決問題的感覺，跟沒錢一樣可怕。

記得剛和友新在一起時，他曾問我為什麼不想結婚，我覺得很難跟他解釋。每當他問到我家的事，我也是隨口帶過。人的心裡都有一塊墓地，那裡葬了很多你無法隨口對別人說的過去。

比如，我爸媽在我高中一年級時，為了去醫院照顧盲腸炎的我，結果出車禍過世了。比如，後來我被阿姨帶回家收養，卻在我即將滿十八歲的那一天，他們全家突然消失，帶著我爸媽留給我的保險金，一起不見了。

直到現在，我都沒有再見過阿姨家的任何一個人。有時候我都在想，那會不會是我自己做的一場夢，其實他們沒有我想的那麼壞，他們可能出了什麼事，或有什麼不得已的苦衷⋯⋯

但日子一長，當自己也遇到很多生活的難關後，我只能說我越來越無法用那樣的話來騙自己，他們就是傷害了我。因為我很清楚，人生的每一個路口都是自己的選擇，我再怎麼無父無母孤苦無依，我一樣沒讓自己變壞。

那為什麼阿姨他們那麼壞？沒為什麼，他們就是壞，沒有什麼苦衷。

這些事，我實在很難對別人說出口，頂多後來會和男朋友提到一些，但他們會追問，那現在呢？那後來呢？那怎麼辦呢？接著再用同情的眼神看著我說：「妳以前一定過得很辛苦。」

廢話。

但我不會這樣回應他們，因為那些同情和惋惜都是真的，只是我不需要。後來，我就再也不想跟任何人說，所以大家只知道我自己一個人住，有個男朋友。他們都覺得我神秘，但他們不知道造成神秘的原因，是由於那些我好不容易走過的痛苦。

所以我無法結婚，我無法去喊別人的爸媽，更無法孝順別人的爸媽，因為我都沒有機會喊我爸媽、孝順我爸媽了。去照顧別人爸媽，我心裡過不去。我曾為了初戀男友去看過心理醫生，因為他是目前為止第一個讓我動了結婚念頭的人。

但那段自以為轟轟烈烈的感情，最後仍無疾而終。

我的這個心病，再加上初戀男友的背叛，然後，就使我長成了現在這個樣子。

我知道我不夠好，有很多毛病和討厭的地方，但我不討厭這樣的自己，我也不能討厭，因為我是我自己的家，自己的後盾，我得支持我自己。

不管遇到什麼事，都沒有什麼好慌的，沒有什麼比活著還可怕。

我欣賞滿天星空一會兒後，決定打電話叫計程車，才發現我只有人下車，什麼東西都沒帶，包括手機和手機殼裡頭的錢都不在我的身邊。真的是再次因為我自己的蠢而笑出來。

那也沒關係，至少我還有兩條腿。

除了路很暗，我很害怕會有我討厭的長條生物出現以外，我幾乎並不感到緊張。也可能是再也沒有什麼事，比同時失去家人和被拋棄恐怖，所以我本來就很少感到慌張。錢沒有了再賺就好，心愛的人離開就再愛別人。當然這些話都是即將四十歲的自己才說得出來，以前也是要死要活的。

但成長不就是這樣嗎？越來越不怕痛。

此時此刻，就算鞋子磨破了我的腳，我得脫下鞋子赤腳走在柏油路上，我都慶幸自己沒有坐上那台車，才有這麼一段安安靜靜陪伴自己的時光。我常覺得孤獨，但我不討厭孤獨。

就在我好像要走出暗暗的山路時，有輛車在我身後疾速行駛，我回頭一看，就見車子正在蛇行，朝我越來越靠近。我真的傻眼，到底是喝多醉，才會方向盤握得這麼不穩？

雖然我不害怕死亡，反正人都是要走一次的。

但眼前即將面臨生死關頭，我還是有些抖的。我不怕痛，可我怕沒被撞死還變成植物人，那我真的……好！算了，我也不能對老天爺怎樣，誰活著不是看他臉色。

眼見車子持續開得左搖右晃，我也慌張的跟著左閃右閃，邊閃邊退後。眼角旁邊一棵樹，趕緊躲到樹後頭的同時，車子也正好直接撞上了那棵樹。車頭燈全碎了，噴出來的碎片朝我射過來，我用即將四十歲的敏捷反應迅速轉身蹲下。

轟隆隆的撞擊聲，還在我的耳旁作響，我那一瞬間腦筋一片空白，也不覺得痛，搞不清楚到底有沒有被撞到。

我緩緩的回過神來，然後發現，我沒死，我還活著。就說死沒有那麼容易吧。

我緩緩站起身，準備好好問候一下駕駛全家時，就見一個中年婦女，不，我不能隨意用這個名詞，我也是廣大的中年婦女之一。

一個年約五十幾歲的美女貴婦從車上下來。一定是賓士車的關係，都撞成這樣了，她臉上的妝可都沒有花。我有些不高興的走向那位貴婦，突然副駕也下來一個男子，年約三十歲吧？臉上還有豐富的膠原蛋白，確認過了，是年輕人沒錯。

他冷冷的朝貴婦說：「妳到底鬧夠了沒有？」

「沒有、沒有、沒有！」貴婦像發了瘋般的大喊，還衝著年輕人又打又罵又哭的，「你怎麼可以這樣對我？我什麼都可以給你，為什麼你就是不能愛我？我為你做的還不夠多嗎？你到底要我怎樣？」

本來要發火的我，瞬間有些尷尬。我對別人吵架的事不關心，但想說我也算是苦主之一，應該要為自己討個公道才能走，不然不是太對不起自己了嗎？收驚也要一百五十元，至少我該得到一個道歉。

我走上前去，想替自己捍衛權利時，年輕人卻推開貴婦，冷冷的說：「我有叫妳為我做嗎？」

貴婦哭了，哭得死去活來，推了年輕人一把後，衝回車上把他的東西都往車窗外丟。一個不明物體飛了出來，年輕人閃過，但臉也劃紅了一道。貴婦接著便將那台撞凹的車子開走了，前前後後不到十分鐘，鬧劇就結束了。我和年輕人對看一眼，都很尷尬。

我只好告訴自己，算我倒楣。沒事的，太陽明天一樣會升起，踩到狗屎不是第一次，也不會是最後一次。

我放過他，等於放過我自己。

我轉身要離開時，腳踩到了個軟軟的東西，可惡，不會真的是狗屎吧？我剛才真的只是比喻，不要這麼弄我，我沒穿鞋好嗎？

我低頭一看，是個皮製的名片夾，應該就是最後飛出來的東西。我撿起，裡頭幾張名片掉了出來，上面寫著「LADY CLUB，主任喬治」，下方有一行文字是：歡迎來這裡體驗成為女人的快感。如果我沒猜錯，這應該是男公關的名片吧？

「謝謝。」一年輕人的聲音從我耳後傳來。

我一凜，回頭差點喊了一聲，「Hi, George!」我近看他一眼，高高瘦瘦五官分明，氣質還行，臉蛋也可以，是有資格當公關店的主任，我把名片夾還給他之後，轉身離開。

接著聽見他的腳步聲在我背後響起。

我們就這樣一前一後走下山，走了十分鐘，總算看到便利商店。我口渴到很想衝進去，扭開一瓶礦泉水就用灌的，但我沒錢。所以說錢有多重要，連二十塊都重要。我嘆了口氣，不捨的望了便利商店一眼後，決定先攔到計程車回家。

沒想到年輕人又在我後頭喊，「等一下！」

我回頭看他，他對我說：「妳手流血了。」

有嗎？我趕緊低頭看著我的手。突然一陣涼意和刺痛感在我手臂襲來，我才發現他正用酒精棉在幫我消毒，我也才知道原來噴出來的車頭燈碎片，劃傷我的手臂了。

「謝謝，我回家自己處理就可以了。」我退了一步，給他一個尷尬又不失禮貌的微笑。

他沒說什麼，把袋子塞到我手上，淡淡的說：「抱歉，這裡頭有藥，還有雙拖鞋，妳的腳好像也受傷了。」

「沒關係。」不！其實有關係，心情大受影響最有關係。可生活在這種凡事需要各種忍耐的世界，早就養成開口閉口滿嘴的沒關係了。

沒打算多說什麼，我轉身去攔車，只想回家好好躺下。

床才是人生最大的慰藉，只有它才能接住我。

於是我坐上計程車，望向車窗外，看到那個年輕人正在便利商店門口講電話。他沒有什麼表情，我也看不透他的眼神，是個心裡有事的人。雖然以前最討厭那種覺得自己見過很多世面的大人，但有時候，你就是不知不覺中，好像學會了怎麼看一個人的眼神。

當初應徵憶珊時，我當場決定錄用她，因為我在她的眼裡看到了對工作的熱情和堅持。和過去的男友們交往，學得更多的是怎麼用眼神判斷你有沒有說謊。

其實看人不難，難的是裝瞎。

明明看出這個人不適合自己、不愛自己、會傷害自己，卻因為害怕失去、害怕改變，所以當作沒看到。

真的，只要你好好看一個人的眼睛，總是能讀出些什麼的。

可有些人的眼睛，不管你怎麼看，卻什麼訊息都沒有，就像這個年輕人一樣。但關我屁事？我可能是累瘋了、餓瘋了，才會去管別人麼多。

很快的，計程車駛到了我家大樓門口。我請司機等我一下，我馬上上樓拿錢，沒想到管理員伯伯正好走出來，先借我錢，把計程車費給付了，然後跟我說了一句，「妳怎麼現在才回來啊，妳男朋友來很久了呢。」

我朝管理員伯伯一笑，在這短短的五秒鐘內，想著到底要不要回家，還是再次推開大門去找憶珊收留。我真的累到沒力氣再和友新多說一句話，今天就到此為止吧。

我才轉身要往外走出去一步，突然覺得不對勁。我問我自己，「為什麼我要走？」

這裡是我家，再怎樣，該走的人也不是我啊！

於是，我深吸口氣搭電梯上樓，接著在門口打開密碼鎖。門一打開，友新就坐在沙發上，雙手抱胸，一副等我回家吵架的樣子。我希望他真的不要挑戰我的底限，不然這段感情確實就到此結束了。

我換上室內拖鞋，提著那袋便利商店的東西走到客廳。想回到房間去時，看到客廳桌上有我的包包、手機，還有今天憶珊送我的禮物都在桌上。一旁還有被拆開的信，我不敢相信的走過去，把袋子丟到桌上去，看著幾封被拆開看過的信，其中有一封是建設公司寄來的。我冷冷的問友新，「你看我的信？」

「如果我沒看，怎麼知道妳偷偷背著我買房子？」他也不爽的反問我。

「我不需要偷偷，我買房子光明正大。」

「那妳為什麼不跟我商量？」

「商量什麼？」

「我們在一起，以後也會住在一起，妳買房子這麼大的事不跟我討論，妳有在乎過我的感受嗎？妳怎麼那麼自私？」

「是，我是自私，我只想到我自己。我說了我不想結婚，那我為自己買一個家有什麼問題嗎？你能保證我們會在一起一輩子嗎？我們現在就連前面這關都過不去！」

「我就問妳一句，我有沒有在妳的未來裡？」

「本來有，本來覺得好好走下去，或許我們可以是互相陪伴的人。但我現在很清楚的知道，你要的跟我不一樣，當初說好的，現在你全翻盤了！」

「我以為只要夠相愛，那些約定都可能改變。如果妳愛我，怎麼不會想嫁給我？」

「我到底要講幾次，婚姻不是我想要的。我想要的是一段舒服的感情，可是你讓我壓力好大，你不是把我當成楊芷言在對待，而是你鄭友新想要的那種女朋友。每次我說我不喜歡什麼，你有在聽嗎？沒有！我每次說我不要什麼，你有在乎嗎？看起來有，後來卻是努力說服我接受。好，我為我的退讓，造成你以為能改變我的這種錯覺道歉。可是我不會變，我想當我喜歡的楊芷言，而不只是你的女朋友，你能了解嗎？」

鄭友新面無表情的搖搖頭，「說來說去，妳就只想到妳自己。」

我真的盡全力溝通了，但此時此刻我只想放棄。我深吸口氣，「我們真的……還是算了，如果你的人生目標是結婚，那很抱歉，我沒辦法幫你完成，我們還是分手吧。」

鄭友新不能接受的起身抓住我的手，「妳怎麼可以跟我分手？」

我真的一分一秒都無法再忍耐下去。我甩開他的手，不能理解的問：「為什麼我不能跟你分手？」

「因為大家都知道我們在一起。」

我真的差點氣到吐血，忌日跟生日同一天也有可能。「那又怎樣？你是交往給別人看的嗎？你這樣沒經過我同意就直接拆我的信，你又有尊重我嗎？原本講好只要好好在一起，不談結婚的事，結果你帶了親朋友好來跟我求婚，然後還把我丟在山上？如果這是你愛人的方式，我這輩子真的不能適應。」

「不就是看了幾封信？妳到底在不高興什麼？」

「我就是不高興！我就是不爽！我就是不想再忍耐下去了，可以嗎？我們真的不適合，你要的我給不了，我要的你也給不了，不要再浪費時間了！」

我轉身要走，這時友新生氣的把桌上東西全掃在地板。地上頓時亂成一團，有幾封信、便利商店的拖鞋、繃、簡易的消毒藥水。還有一張 LADY CLUB 的名片，瞬間被眼尖的鄭友新撿起來。

他看著名片，冷笑一聲，「原來妳不想結婚，是喜歡去這種地方？想想，這樣妳拒絕我的求婚還滿有良心的嘛。楊芷言，今天不是妳跟我分手，是我覺得妳髒。這輩子，妳絕對找不到第二個比我對妳更好的人了，妳會後悔。」

友新說完，把名片折爛丟到我面前後就走人。

我原本對他的一絲絲歉疚完全消失。早知道這張名片這麼有用，我應該直接拿出來的。只是，我真的不知道喬治先生幹嘛放名片在袋子裡，我看起來像是會去那裡消費的人嗎？如果看起來像，我該要開心，那表示我應該看起來很有錢。

我重重深吸一口氣，好消化今天發生這一連串的鳥事。如果我是電玩的戰鬥角色，那我回血的技能應該是點滿的，以前會失眠好幾天，還去廟裡拜拜點光明燈，好像全世界我最慘一樣。但現在不需要了，沒什麼事值得自己要死要活，不會再因為別人的錯而懲罰自己。變老也是有變老的好處，不是看開，是連看都不想看了。

我直接脫光衣服，走進浴室，洗了個舒舒服服的澡。接著打開香氛機，是我喜歡柑橘味，再打開電視，邊吹頭髮邊聽著電視劇情。然後再替自己煮碗健康的泡麵，加了菜又加了蛋，一邊吃，一邊窩在沙發上放鬆追劇。

還是自己跟自己相處才自在。

這時，離開我很久的手機突然震動起來，但我還是黏在沙發上。可來電的人也非常有耐心，似乎執意等到我接起電話。只有一個人會這樣，就是憶珊。

大家都說她是我的接班人。我常看著她，心想著，過去的我真有這麼討人厭嗎？這麼緊迫盯人，想逼死所有人嗎？

好，我認輸。我去接起手機，不太高興的說：「妳好煩，可不可以放過我？」

「想說快過十二點了，再跟妳說一聲生日快樂啊！怎樣，跟妳男友去哪裡吃好料的？」

「我在吃泡麵。」

「妳壽星耶，吃泡麵也太可憐了，你們沒出去？」

「此時此刻是我今天最幸福的時候。妳不打電話來煩我就更美好了。」

接著，我就聽到一整串的難以入耳的字眼。這女人好像忘了我是她上司，還大了她好幾歲。我忍不住輕咳幾聲，「妳知道我是長輩嗎？」

「知道啊，那又怎樣。」

我深吸口氣，「再見。」

「等一下啦，妳明天不是交屋？要不要陪妳去？」

「不用，妳好好工作，現在妳最需要做的一件事就是好好待在公司。」

「好啦，要幫忙再跟我說。」

「知道了，妳別再給我喝酒了。」

「沒喝睡不著，去吃妳的麵。」她居然比我早掛電話。所有傷過心的女孩，學會的第一件事不是修復自己，而是學會喝醉。最可怕的不是喝太多，而是喝不醉，憶珊就是這樣，要讓她能喝到可以睡著，就是兩瓶紅酒起跳。

我常跟她說酒精中毒就跟慢性自殺一樣，她就會回我，「妳自己不也是不想活很久。」知道嗎？跟另一個自己吵架，是永遠都吵不贏的。

我回到電視機前，吃完泡麵，把劇追完後，已經過了十二點。四十歲的第一天，其實就跟昨天一樣，不痛不癢，什麼感覺都沒有。因為這年紀已經清楚知道，過日子比過生日重要。

為了明天去領取我給自己的生日禮物，我關掉電視，爬上床，沒多久就睡著了。分手就像放了個屁一樣，會不會難過？當然會，友新對我很好，撇除他有時候過強的控制慾，其實我們相處得還算不錯。我們也有共同嗜好，喜歡看NBA、喜歡美食、喜歡爬山……我們的共通點很多，可是卻對最重要的未來沒有共識。

我小小的失眠了一下，悼念我這段兩年多的感情。

隔天醒來，我發現手機裡有十幾通的未接來電，全是友新。要不要回撥？我掙扎了一下，先點開訊息，裡頭好幾通語音訊息，都是他喝醉在罵我的話，一句比一句還難聽，旁邊還有友人勸他少喝一點。我放下手機去盥洗，我不在乎被他罵，我只希望他罵完我之後，心情會好一點。

反正罵我，我也不會痛，他能重新振作比較重要。

我們誰都不要阻礙誰，也不該被誰阻礙。

我快速的換好衣服，帶著期待的心情，開著我的車，前往我的新家。真的是很期待，就連跟愛人見面，我的心臟都沒有這麼加速跳過。

我買下人生的第一棟房子，背上幾百萬的貸款。在決定買房子前，我其實猶豫很久，我又沒有小孩，也不會有小孩，那以後房子要留給誰？可是租房子對我來說，又像付貸款給別人，繳到最後，我其實什麼都沒有。

我為這件事苦惱了一陣子。

但公司樓下的警衛大哥，卻在替我苦惱我嫁不出去。我實在很想跟他說，「大哥，你真的不要替我擔心，我不是嫁不出去，我是不要嫁！」我不懂大家到底為什麼對三十歲後段班的女人有這麼大的敵意？只關心我們沒結婚，可不在乎我們過得好不好。

另一句是，「妳年紀大了，再不嫁，就生不出來了。」

好像生孩子跟收集人生成就一樣，沒孩子就註定失敗一樣。曾經我也好像被洗腦一樣，忍不住懷疑自己，就算不結婚，也該生個孩子才對。可是生就好了嗎？生了孩子，人生就不會有問題了嗎？

我覺得不是啊。

所以我沒有再糾結這件事，但也因此決定買房子，決定在這個城市好好安頓自己，等我老了，再把房子賣了，去住養老院也可以。

那時候我剛和友新交往沒多久，總覺得這樣的事還是要自己處理，於是從看屋到買屋，不到一星期就決定了。我沒有上網看什麼攻略，我只在乎這房子我喜不喜歡。有些東西註定是你的，你就會特別有感覺。

我在幾間房子裡，選了間今年會蓋好的預售屋，找設計師做室內設計，談定我想要的風格給他，很快的選好所有材料。我希望在四十歲的第一天就能搬進去住，這也就是我要休長假的原因，我得搬家。

不誇張，當我走進那間屬於我自己的房子時，我身心靈都得到滿足。讓自己快樂竟是這麼令人心動的事，雖然還有貸款，但此時此刻誰管得了那龐大的負債？我開心到都快哭了。

「如果沒問題，驗收單這邊要麻煩楊小姐幫我簽名。」

我忍著內心激動，微笑的拿起筆，洋洋灑灑簽了我的名字。看著單子上的楊芷言三個字，我有好多話想對自己說，我想好好感謝我自己，謝謝我過去幾年的努力，至少還存到了一些頭期款，更謝謝我自己做了這個決定。

爸媽離開後，我失去的東西回來了，我有家了。

設計師把鑰匙交給我後離去，我就一個人坐在裝潢好，還沒有任何傢俱的屋子裡，好好的把我的家看過一遍，而這一遍竟花了整整一天。我捨不得移開我的視線，是真的餓到開始有些胃痛了，我才驚覺自己不能再這樣下去。

吃飯比吃藥好。

我起身，翻著我的行事曆。明天會有些傢俱送到，後天會來裝冷氣……如果沒有意外，應該一星期就能搬好家，然後回公司銷假上班。

有負債的人是沒有資格休那麼久的，我只是故意請這麼長的假，想整憶珊而已，四十歲一樣可以很幼稚。

我不捨的再看我家一眼後，開門離去。

結果一走出門口，差點沒被酒味薰死。是誰天才剛黑就喝成這樣，人生到底有多不如意？我抬頭定睛一看，就見一個男子抱住另外一個男子，邊哭邊說著，「為什麼不愛我？我到底哪裡不好？」

被抱住的男子一臉不耐。

等等！

這張臉有點熟悉，我定睛一看，是昨晚的那個年輕人，那個 LADY CLUB 的主任喬治。然後他也發現我了，表情有些尷尬。這種情形被我撞見兩次能不尷尬嗎？沒想到他生意這麼好，男女通吃。

我給他一個微笑，準備離開。和他們要錯身而過時，那個哭著抱住他的男子似乎哭到反胃了，轉身就往我身上吐。幸好我閃得快，嘔吐物沒有噴到我身上，只是鞋子遭殃。

請問，他是我的水逆嗎？

我實在很想大罵髒話，再呼那個喝醉的男子一巴掌。但我實在沒辦法跟一個喝醉酒的人計較，他也不是故意的。難道我要跟喬治計較嗎？你為什麼不愛他？你為什麼讓他醉成這樣？我只能說，就是我倒楣。

喬治忙跟我道歉，「真的很抱歉！」

我看著他，在心裡深呼吸了三次，才有辦法習慣性的說出那句，「沒關係。」但我實在沒辦法腳踩著嘔吐物進我的新家沖洗。我不迷信，但我不想以後想到我家浴室，第一件事不是我舒舒服服的在裡頭泡澡，而是在清洗腳上的嘔吐物，同時它還在滴。

幸好他還算識相，「不介意的話，到我家洗吧。」

當然不介意，世界不介意，尤其當鼻間全是嘔吐物的味道，就算喬治家是地獄我都會去。我怎麼可能讓陌生人的嘔吐物滴在我家。

「好。」我爽快回答。

他把那個醉到不行的男子丟在地上，對，就是用丟的，發出了「砰」的好大一聲。我有點傻眼，接著就看他走到我家旁邊，按著密碼鎖。我這才意識到，靠，一層樓兩戶，喬治居然是我鄰居，我頓時心裡發毛。

我想到昨晚車頭燈碎玻璃噴到我手臂上，此時此刻又這麼狼狽。他是不是老天爺派來滅我的？如果跟他當鄰居，我會不會直接英年早逝？各種絕命終結站的死法在我腦海裡輪播。我還在發呆，他已經開好門，對著站在原地愣住的我喊，「進來吧。」

我深吸口氣走進他家，心裡想著，該是跟憶珊交代怎麼處理我後事的時候了。隨便燒燒去山上撒一撒，絕對不能撒在海裡，因為我怕水。

但看到他家這麼有質感，我也怕弄髒他的地毯，只好踮著腳走進去。

他說：「沒關係，妳可以直接踩下去。」

我不是在跟他客氣，是我知道這個牌子的地毯有多貴。因為在買傢俱時，我做了很多功課，我還可以把某牌子每個型號的書桌價格背出來。我捨不得好東西被糟踏，盡量避開沾到的風險，進到他的浴室脫鞋洗腳。

不知道是不是心理作用，總覺得怎麼洗還是聞得到那個味道。我洗好腳走出浴室時，就見喝醉的男子已睡倒在客廳某個角落，而喬治正拿著抹布擦著我剛經過的地方，我出聲喊著，「請問有不要的塑膠袋嗎？」

他朝我點點頭，迅速到廚房的某個抽屜裡拿出塑膠袋給我。我回到浴室把那雙全是嘔吐物的布鞋裝進袋子裡，好拿去丟掉。本來想說沖一沖，洗一下還可以穿，但眼看嘔吐物已將我的白鞋染色，就算我不穿，捐出去都不好意思。

只能丟了。

跟人生的很多事一樣，不對的、不能的都只能丟了。

他見我提著袋子出來，上前來接過，「我來丟吧。」

「謝謝。」

我準備要走的時候，他又喊住我，「等一下。」接著就看他從鞋櫃裡東翻西翻的翻出一雙新拖鞋，「這雙沒穿過，先穿著吧。」

「不用了。」

他也沒理我，直接把鞋子放到我面前，看我好像不打算穿，又說：「妳是隔壁新搬來的鄰居吧？」

「應該是吧。」是就是，不是就不是，我也不知道我為什麼要說應該是吧，可能覺得兩次碰到都不是太愉快，我心裡害怕這樣的鄰居。

「妳搬好了嗎？」

「還沒。」

「那妳家現在有鞋子可以穿嗎？」

我突然驚醒！好，我真的忘了我沒有鞋子可以回家。我認命的套上他的拖鞋，他又問：

「妳的手上過藥了嗎？」

「沒事。」不致命的都算小傷。

「我這有藥，需要的話……」

「不需要。」我笑笑回答，「那我先走了。」我轉身離開，踩著那雙過大的拖鞋，搭了電梯下樓。結果電梯門一打開，一個穿著紫色套裝，外面又加著管理員背心的老婆婆就在站在電梯門口，笑笑的看著我。

要不是農曆七月過了，我肯定以為是撞鬼，怎麼可以有人笑得這麼陰森。

我真的吞吞口水，假裝沒嚇到的從電梯門邊閃出來，那位婆婆叫住我，「欸，妳是要搬進來七樓的楊小姐，對嗎？」

我嚇了一跳，轉身看向她。紫衣婆婆朝我走來，笑笑的跟我說：「房子都裝潢好了嗎？我聽妳那個房子的設計師說今天要交屋，怎樣，喜歡嗎？妳那間的格局很好呢，有桃花、也有正緣。如果妳現在沒有男朋友，那很快就會有男朋友；如果妳現在沒有結婚，那很快就會生孩子。」

啊？這是什麼順序？我真的忍不住打斷，「不好意思，請問妳是？」

「大樓管理員啊，妳沒看到我都穿制服了嗎？」她又笑笑的看著我，我有點傻眼，不是很相信的再問一次，「妳嗎？」

「怎麼，我不像管理員嗎？」

問十個人會有十一個說不像。但我沒有打算跟這位婆婆耗下去，「不是，只是覺得您真的很勤奮，很努力，這年紀了還願意出來工作……」

「沒有喔，我不願意喔，要不是被逼的，我才不想上班，能躺著誰要站著？妳說是不是？」

這點就和我有共通點了，根本人生真理。我笑笑點頭，只是忍不住擔心的多問了一句，「可是妳都這年紀了當管理員，體力能負荷嗎？不是要幫忙收貨，有時候還要去巡邏。」

「那我都不做的啊，另外一個同事會處理。」

「那妳的工作是？」

「跟住戶聊天。」她說得超級認真。我真的好想大笑，難怪我一買完房子被憶珊唸到耳朵痛，一直說我決定得太快，買房子要有耐心，不然很容易踩雷等等等。我原本覺得她想太多，但現在發現我根本就是想太少，何止踩雷，我根本踩到核子彈。

在我完全不知道怎麼回應她時，她突然往我脖子上套了個平安符。這種浪漫情節不都是用在男主角討女主角開心的時候嗎？

「這個給妳保平安，住戶都有一個，不要隨便拿起來。」

看她一臉真誠，我也不好拒絕，只能乾笑，「謝謝。」

「不客氣，以後大家都是一家人了，互相互相，妳叫我阿紫姊姊、紫姨，阿紫奶奶都可以，隨便妳開心怎麼叫就怎麼叫。」

「好，阿紫奶奶。」

「應該這兩天就會搬進來了吧？」

「妳一個女人家沒力氣，有需要就叫隔壁那個小帥哥幫妳。」

「嗯。」

「不用了，我自己可以。」在阿紫奶奶還想再說下去時，我馬上先開口，「不好意思，我還有事，那我先回去了。」

「好好好，明天見啊！」阿紫奶奶熱情的跟我揮手道再見，在被她的熱情淹死前，我趕緊微笑頷首快步離開，衝出大門攔了計程車要回家。上了車，車子才拐了個彎，我突然看到一抹熟悉的人影在轉角。

我心裡一凜，趕緊請司機先停路邊，等我再跑回去，那個熟悉的人影不見了。但當我意識到自己居然站在這裡的時候，我真的忍不住取笑我自己。

楊芷言，恨得要死的人，值得妳停車下來找嗎？

我回神後回到車上，把剛剛那抹不小心的激動留在那個轉角。當時我就告訴過我自己，那些傷害過我的人，都不值得我再為他們回一次頭，可顯然我今天破功了。

誰不知道人生很短，別把時間花在恨上面，但有時候活著最大的動力，就是懷抱著一股對命運的恨意。

只是，所有的恨，都是從愛開始的。

# 3 關於過去，二十歲看不到、三十歲沒看到、四十歲全看到。

搬家這件事，我也算是家常便飯。

爸媽過世後，我前前後後算起來也住過十幾間房子，早就知道怎麼搬家才會快狠準又省力，所以我不並陌生。再加上前幾天休假已經稍微整理一下該丟、該捐的東西，一切都在我掌握之中。我喜歡可以自己控制的事，因為這個年紀失控，是要付出更大代價的。

連續幾天，白天我在新家打掃，晚上則在舊屋打包整理，過得很忙碌也很平常。但一直讓我有些掛心的是友新，從那天之後他就再也沒有打電話給我了，不管他有沒有找我，我都希望他好好的。

就當我偽善，我無法為別人的傷心負責，就像從來沒有人為我負責過一樣。

整理著他留在我家的東西，想著要怎麼還給他。用寄的有點過分，好像連一面都不想見一樣，但其實我擔心的是他不想見我。

需要時間吧，我想。

我把他的東西也一起打包，總有一天能還的。等大家都好了的時候，就會發現當初的執著其實輕得跟羽毛一樣，只是那時候沾濕了眼淚，才覺得羽毛有了重量。

而新鄰居也有些神出鬼沒。可能是工作時間的關係，應該是晚上工作，白天休息，所以我從那天碰到他之後就再也沒有遇到了。倒是阿紫奶奶常會用各種理由來找我，然後賴著不走。

比如跟著送傢俱的人上來，她進屋裡來，就不離開了。又比如拿了東西要給我吃，我門一打開，她衝了進來，也不會離開了。原本我還禮貌性的告訴她，「我很忙，還有很多事要處理。」

她會笑笑說：「沒關係，妳忙妳的，我不會客氣，會把這裡當自己家。」

那我還能說什麼，難道對著她大吼，「我家不是妳家好嗎？」就算我再怎麼沒有機會跟長輩相處，我也不會這樣對待長輩。

從第一天的不習慣，到第七天，已經習慣她坐在我特別請設計師手工訂製的單人沙發上，一邊吃著零食，不是自言自語，就是一直找話題跟我聊。

可我真的不想說話。

只好問她，「阿紫奶奶，妳要不要看電視？」今天是搬家公司把舊家東西全載過來的一天，我得把所有東西拆箱歸位。我的打算是今天整理好，晚上回舊屋再巡一次，明天就可以跟舊家房東點交，後天就可以上班。

所以我沒有太多時間跟阿紫奶奶聊她的感情生活。

對！她的，不是我的。

「幹嘛叫我看電視？妳不想跟我聊天喔？」

「對。」

「妳幹嘛那麼直接啊！」

「我怕妳聽不懂，以為我客氣。」我笑笑，那是我知道阿紫奶奶個性不會計較，才敢這樣跟她說話。

「妳喔，其實什麼都好，就是個性挺硬的。外表是看不出來，可就是做了決定，就什麼都不管了。一直往前衝會吃虧的。」

我邊忙邊說：「都吃了四十年虧，隨便。是說阿紫奶奶，妳真的有認真在工作嗎？妳每天上來有時候待著就是一天，樓下怎麼辦？」

「有其他人啊。」

「可妳這樣其他人不會不開心嗎？」

「不開心什麼，我又不是正職，妳擔心我被炒魷魚喔？」

「是啊，人都是被錢逼著要工作。但如果需要錢，那妳這樣的工作態度，沒被辭掉也是奇葩耶。」

阿紫奶奶起身去冰箱拿飲料，「放心啦，沒有人敢動我。」

算了，再說也是這樣，沒有結果，只是一直繞圈圈，「好，妳要待著就待著，但不要一直找我說話，這樣會拖垮我整理的速度。」

「那我再問一個問題。」

我直接送她一個白眼，「要問什麼？」

「妳都沒有遇到隔壁的小帥哥嗎？」

「我在這裡的時間，妳也在這裡啊，妳說我有遇到嗎？」

「那就是沒遇到。」

「對。」

接著阿紫奶奶就沒有說話。我好奇的抬頭看她，只見她一臉嚴肅的在想事情。可能習慣她的不正經，突然轉變太大，我有些不習慣，反而是我先反問她，「怎麼了？」

阿紫奶奶回神搖搖頭，「沒什麼，妳介意姊弟戀嗎？」

「啊？沒頭沒尾問這個幹嘛？」

「什麼沒頭沒尾，這很重要啊。」

「阿紫奶奶，我沒有打算跟妳討論我感情的事，妳要嘛在旁邊吃吃喝喝看電視，要嘛就下去上班。」

她一臉不爽的說：「那我當然是要吃吃喝喝啊。」我真的忍不住笑，活到這把年紀能像她這麼任性，其實滿幸福的。我沒理她，繼續拆箱，她喝著汽水又開始問：「妳這樣自己一個人生活，不會很孤單嗎？」

「不會啊，誰不是自己來自己走。」

「妳喔，從小跟父母的緣薄，也好在妳夠堅強。」

我心裡一凜，抬頭看著阿紫奶奶，「妳怎麼知道我跟爸媽緣薄？」

阿紫奶奶的表情閃過一絲慌亂。誰會沒事去跟別人說：「欸，我爸我媽很早就死了喔！」除非我喝醉，或是被催眠，不然我不可能會把這些話說出口。那她怎麼會知道我的狀況？

「隨便猜的啦。」阿紫奶奶隨口說。我當然知道她在誆我，但我沒有再問，不想說的人，我絕不會多問。

我笑笑帶過故意說：「應該是看我苦命臉對吧？」

她馬上搖頭，「絕對不是！妳這臉福氣，以後會很好的，相信我！」阿紫奶奶笑得一臉好像她說的是真的一樣。

可是，我從爸媽過世後，我只相信我自己，也只能相信我自己。

突然阿紫奶奶衝了過來，抓著我的手，「我要下去了，送我出去。」

「啊？」門就在那裡，就在兩公尺前，請問還需要送嗎？

但她根本不管，抓著我往門口去。一開門，就見到喬治正好經過門口，阿紫奶奶大聲招呼，「小魏，你剛回來喔？」

我就站在門口，和喬治對看，他先是愣了一下，才點點頭說：「對，剛運動回來。」下一秒，阿紫奶奶的手就伸過去摸了一把，「很壯了，不用練了啦！雖然你這種日夜顛倒的工作很需要體力，但可以了啦。」

我有點尷尬，笑笑的想關上門時，阿紫奶奶居然邀請喬治，「小魏，要不要進來喝杯茶，新鄰居大家認識一下。」

「不用吧，我們見過了，而且我還在整理房子，不方便。」我直接說。他沒什麼反應，只是淡淡看著我。

「那去小魏家喝咖啡？」

「我都可以。」他說。

「那阿紫奶奶妳去喝吧，我還得整理。」然後我就把阿紫奶奶輕輕推出去，用最快的速度關上門，希望她今天都不要再來了，真的讓我好好把最後的幾個箱子給拆完。

果然，沒有她的騷擾，我速度變得很快，但也不知不覺天黑了。望著眼前已經就緒的家，我心裡一陣感動，明天開始就真的要在自己的家生活了。我唯一能孝順爸媽的方式，就是讓自己過得好一點。

我深吸口氣，調整情緒，準備把今天清的幾包垃圾拿去回收，順便回舊屋。當我拿第一包垃圾出去放門口時，有個貴婦經過我的面前走去按電梯。她冷冷的望了我一眼，短暫的眼神交會三秒，顯然忘了那天我差點被她撞到。

但我也不會舊事重提，當沒看見她，陸續把垃圾放到門口。當我拿出最後一包並鎖上門時，一道聲音在我身後傳來，「這是要拿去丟的嗎？」

我轉頭一看是喬治，還沒來得及回答，他一個人直接幫我提起了四袋。

「我可以自己丟。」我說。

「我都拿了。」他說完直接去按電梯，我也只能提起最後的兩袋跟上。見他好像滿平靜的，剛才跟貴婦客人應該沒有吵架。

電梯裡，只有機器運轉的聲音，我和他什麼話都沒有說。接著一起到回收室，他熟門熟路的幫我把垃圾分類，把它們放到該放的位置。見他一身高級西裝跟我蹲在這個回收室，是真的有點不好意思。

「我自己可以分類。」我說。

「我都在分了。」他說，沒打算停手的樣子，我也只好處理起自己手上的。

阿紫奶奶也不知道什麼時候突然出現在回收室門口，一臉開心的說：「在回收啊？」

我和喬治抬頭看向阿紫奶奶，同時點點頭。

原本以為阿紫奶奶會就這樣離開，但沒有，她走進來又是一陣提問，但對象不是我，是喬治，「你要去工作啦？不考慮換一下嗎？這樣作息時間都顛倒，很容易傷身體呢。我是覺得你還年輕，要好好照顧自己啦！」

「我知道。」他有禮貌的回。

「雖然這個工作收入多，但要考慮到未來啊。你這樣白天睡覺，會把緣分給睡掉的。」

阿紫奶奶就這樣一直唸一直唸，唸到我們垃圾都回收完，要走人的時候，她攔住我們兩個，繼續要喬治換工作。

不是啊，攔他就好，幹嘛連我也攔？有什麼事嗎？

我實在是受不了，忍不住回嘴，想結束這一切，「阿紫奶奶，人家想做什麼工作就做什麼工作，開心就好，妳可以不要過度關心嗎？再說做這個行業錯了嗎？職業又不分貴賤，妳幹嘛硬要人家換？沒有被瞧不起的職業，只有瞧不起的人，只要不傷天害理、不殺人放火，做什麼都可以啊！妳這樣讓人家壓力很大！」

他們兩人看著我，有些錯愕。突然我也覺得我好像管太多了，這真的不關我的事，我只是很不喜歡那種被壓迫的感覺，所有人都該是自由的，有個人意志，有個人選擇，都該被尊重。

我被看得很尷尬，只能扯笑的說：「我先走了。」

然後快步離開，走得跟飛的一樣，到門口攔車。今天怕整理的太累，所以沒有開車，幸好台北什麼沒有，就是計程車多。很快我就回到我租了五年的舊屋，結果一進門，就看到友新臉色難看的坐在沙發上。

我真心狠狠的嚇了好大一跳，沒想過他會在這時候來找我，更沒有想過，都說分手了，他怎麼還可以沒有經過我的同意，就直接進來我的住處？我對這種冒犯很不能接受。

難道他還以為我說分手是在開玩笑？

我都還沒有發脾氣，他就先抓狂了，「妳搬家也不跟我說？」

「你進來我住的地方也沒有跟我說。」

「我之前來也沒有說過，妳怎麼不生氣？」

「我們不是分手了嗎？」

「妳要分，但我沒答應！」

我不知道要說什麼，他繼續說：「我知道我那天喝醉，傳訊息打電話，說了很多不該說的，但那都不是真心的，我只是太生氣了。我是做好心理準備才來跟妳道歉的，結果我看到屋裡東西搬光光，妳想過我的感受嗎？我怎麼到現在才知道妳是這種女人？」

「這種女人」這四個字，又狠狠的踩到我的地雷。

這種到底是哪種？我就算再壞再賤再自私，你都可以直接罵我，可是不要用這樣的口氣來說我。

「抱歉，這種女人讓你不高興了！你的道歉我收到了，但是分手的決定，我不會改變。」

他上前拽過我的手問：「妳就這麼捨得？」

我覺得痛，但我一向很能忍痛。我在思考他的問話，因為太有技巧，不管我說捨得不捨得，我都是罪人，「回去吧，你的東西我會寄到你公司給你，謝謝你兩年多來的照顧。」

「妳為什麼就是不嫁給我？」

問題又重來一遍，我真的無力至極。我什麼都沒有說，就只是看著他，他苦笑一聲，「對，妳不想結婚！」他無言以對的說：「真不知道妳到底哪有毛病！」

「我真的有病，所以沒嫁給你，你要慶幸。」我冷冷回他。

他突然高舉起手，就像下一秒要甩我巴掌，但他忍住了。轉頭要走的時候，踢到了我放在桌下的一包東西，那雙喬治借我的拖鞋被踢了出來。我這才想到，我沒處理到它。

記得在要還跟要丟之間，我掙扎了一下，後來先收起來後就忘記這件事了，友新看到這雙男鞋，就好像我跟這雙鞋的主人上過床、背叛他一樣，不敢置信的看著我，「妳劈腿是不是？還是妳叫男人？」

想像力豐富。

他這樣的指控，消磨的都是我們過去在一起時，美好的時光。

「不想解釋是不是？還是妳不敢解釋？」

我不會再回答他任何一個問題，我把拖鞋收好，他又一把搶過丟到地上，在我面前狠狠的踩了好幾下說：「楊芷言，妳真的好噁心。」

罵完我後，他就走了。這次應該是真的分手了。

我的確不想解釋，我覺得他對我有這種誤會才該要對我解釋。過去那兩年多，難道我沒有付出嗎？我陪他經歷過的那些都不算數嗎？人就是這樣，遇到不能接受的事情，第一件事就是先心疼自己，我也能理解。

可所有的關係都是兩人才能成立，才能經營。

曾經有一任男友，我們只在一起不到三個月，後來他出國工作，也沒有要我等他。那時候，我只覺得原來那三個月的感情都是假的，我有一種被騙的感覺。過了一年多，他回台灣了，我們約了碰面。

我問他，為什麼不要我等他？

他說要別人等待是很不負責任的事，但他沒有對不起我，跟我在一起的每一天，他都是真心想讓我快樂，也從我身上得到快樂。就算只有幾個月的時間，那也是愛情。

我才知道，人就是習慣偏袒自己。

以前總想找個人怪罪，這樣好像搞砸的人生就和自己無關一樣。但當自己站在對方的位置時，才知道那時候遷怒到別人身上的自己，其實很可笑，人活著其實就是不斷的被自己打臉而已。

笑笑的挨自己巴掌，也是人生的功課之一。

誰沒有變過？無論是別人讓你改變，又或者是自己改變自己，你回頭一看就會發現，或許連昨天的自己都跟今天的自己不同。

但無論你怎麼變，往前走的方向是對的就好。

我沒有難過很久，也沒有生氣很久，因為這些都是對生活徒勞無功。我曾為了某個人失眠、痛哭，覺得天就要塌下來，世界就要毀滅。可最後發現，人不是那麼容易為別人而死的。

最後，我甚至開始珍惜自己的眼淚，已經忘了多少年沒有為男人流淚。正常上班下班，正常吃飯睡覺，偶爾會有個小聲音對自己說：「沒關係，無論是兩個人還是一個人，妳都要學著習慣。」

所謂的成長，比的大概就是你對悲傷、痛苦和遺憾的適應力而已。

這次，我也適應得很快，沒有讓自己消沉太久。重新巡過一次舊家，確認該帶的東西都帶走了，該還給房東的每樣傢俱和電器也都沒有問題後，我一個人去了附近麥當勞吃東西，坐在落地玻璃窗前，和身後的大夜班店員共度了一夜。

他們可能覺得我很怪，怎麼一坐就是六個小時。偶爾聽到他們的私語，我也不那麼在意，我只是突然很想在今天看看日出，提醒自己可以在這一天重新來過而已。

看完了日出，我又多看了一眼準備上班的人群後，才默默離開座位，走回舊家，等著房東來，我好把鑰匙給他。

「恭喜喔！」房東太太很真心的祝福我。

「謝謝。」

「希望下個房客跟妳一樣好。」

我笑了笑，和房東太太相互擁抱後，離開了這個我住最久的屋子，希望下一個住進來的女孩，也能在這間屋子裡擁有一段美好的日子。

正當我要離開，房東太太把那雙男拖鞋再塞給我，「欸芷言，這妳男朋友的吧，妳沒拿到。」

我只好又把那雙鞋帶回新家。在停車場遇到像是剛下班的喬治，我們兩互視一笑，我是笑得很尷尬啦，他有沒有看出來我就不知道了。

我們一起搭電梯上樓，兩人都沒有說話，一直到出電梯還是沒有說話，當我們各自準備開自己家門時，我忍不住叫住了他，「那個……」

「嗯？」他轉頭過來看我。

我把拖鞋塞給他，「這鞋子我不知道該怎麼處理，這牌子不便宜，如果因為我穿過一次，你不想要了，你就自己丟吧。」

雖然我以後會下地獄，但這個浪費的鍋，我不想幫別人背。

他沒說什麼，收下拖鞋的同時，把我的手拉過去。我有些重心不穩，就這麼被他拉到他面前，我和他距離頓時變成沒有距離。我就這麼沒距離的看到他充滿膠原蛋白又幾乎沒有細紋的臉。他這種資質，怎麼可能只當主任？他至少要當到經理吧？

雖然說我不討厭自己變老，但看到這種還沒有歲月痕跡的臉，真的除了羨慕以外，就是羨慕得要死了。

「你皮膚好好。」我在心裡讚嘆。

然後就聽到他說：「我剛問的妳沒有聽見嗎？」

「你剛才有說話？」我真的什麼都聽不見，我只想去翻那些說上帝是公平的人的桌子。長這樣皮膚又這麼好、又年輕，哪裡公平了？

他傻眼的看著我說：「妳的手瘀青了。」

「有嗎？」

他看向我的手腕，我也跟著他看向我的手腕，才發現我左手手腕有一片瘀青，我馬上想到昨晚和友新的爭執，應該是那時候留下的。我縮回我的手，扯著笑說：「沒事，不小心撞到而已。」

我說完便按了指紋鎖，給他一個客氣的微笑後進門，準備去刷牙洗臉補個眠。沒想到牙刷到一半就又聽到門鈴聲，我還以為是阿紫奶奶又來串門子，怕她瘋狂長按，趕緊漱了口去開門。結果沒想到居然是喬治。

我錯愕。他拿了一瓶藥酒，「妳知道怎麼擦藥酒嗎？」

我只知道怎麼喝酒。

「不用了，這很快就會好。」

他這個人也是很妙，通常聽見別人這麼說之後，正常人就走了。可是他沒有，直接打開藥酒，拉過我的手，邊示範邊說：「妳要這樣推，然後這樣推，再這樣推，早晚一次，這應該抓得滿用力的，最好是不要傷到筋骨。」

他說完，把藥酒給我後才走。

我那一瞬間只覺得尷尬，他怎麼看得出來是抓的？然後我還撒了謊，真的是想對自己翻白眼。

我把藥酒放到旁邊去，倒了杯牛奶喝完，沖了個澡就去睡覺。

原本躺在床上聞著洗不掉的藥酒味很受不了，但居然就這樣聞著聞著睡著了，一覺睡到晚上八點半才起床。我醒來時，一度時間錯亂，甚至連幾月幾日都不知道，慢慢恢復精神後，才想起自己睡了一整天。

我是被餓醒的。

但冰箱除了牛奶也沒有別的，我只好起身拿了錢包，決定到附近便利商店買點吃的和微波食品回來放。去便利店的路上，藥酒味提醒了我的左手有傷，我低頭望了一眼，原本那一片瘀青好像真的淡了一點。

應該是心理作用吧，可能有酒精的東西特別好用。

我走進便利店，人還是不少，幾個人站在食物區前選著晚餐。想想便利商店救了多少孤單又不敢單獨外食的人，我是個可以自己吃飯的，自己去吃麻辣鍋也沒有問題，但憶珊不喜歡。

她不喜歡被打量的感覺，更不喜歡被可憐的眼神，所以她寧願不吃，不然就是買回家吃。人各有各有的地雷，但無論怎樣，自己自在就好。

等到前面的人挑完後，我走上前去要挑選，一個男士跟我錯身時，撞了我一下，磨擦到我的胸。我頓時退了一步，感覺有些不舒服，我沒有穿內衣，但我穿了厚厚的牛仔外套。他朝我禮貌一笑，說了句，「對不起。」

我沒說什麼，站到一旁去挑食物時，他又靠了過來，把他原本拿的便當放回去，又換了另外一個，轉身又差點要撞到我。我很警覺的往旁邊一跨，突然有道身影站到了我和那位男士中間，轉頭問我，「選好了嗎？」

我這才發現，是喬治。

「還沒。」

「妳去拿喝的，我來拿吃的。」他這樣對我說，好像我們是一起來的一樣。然後就看到那個男士，又拿回他原來的便當，裝沒事一樣去結帳。「吃炒飯好嗎？」喬治問我，拉回我的注意力。我看著他拿了兩種食物在比較的樣子，好像不知道我剛發生了什麼事。但如果他不知道，又怎麼會突然跟我裝熟。

他見我不說話，「那就炒飯吧。」

「不要，我想吃麵。」我直接拿了一個我自己想吃的，他拿了過去，跟他買的東西一起結帳。

「我可以自己付。」

「就當為前兩次發生的事道歉，請妳吃頓飯吧。」他邊說，邊讓店員刷他手機的電子錢包。

「六十五塊？收驚都不只這些。」我覺得這道歉有點廉價。

「那就請妳吃十次？」

我白眼，「那也不用。」他只是撇撇嘴，看起來像是在笑。

他提著我們的食物，和我一起離開。走出門口時，還看到剛剛那個碰我胸部的男士正在跟他朋友聊天，兩人還不時的看向我，眼神非常輕挑，大概是在討論我的胸部吧。

我本來想，就當被狗咬一口了。

但他們的笑聲實在讓我有些受不了，再加上等紅綠燈時，一個身形較圓潤的高中女孩還穿著校服，可能是補習結束或下課要回家。她經過兩人面前，就聽到他們對高中女孩說：「妹妹，妳要減肥啦，不然以後交不到男朋友！」

「妹妹，妳不要隨便坐電梯，很危險呢，不要害別人。」

他們自己笑到不行，我轉頭看了一眼妹妹難堪得快哭了的表情，腎上腺素整個爆發，我直接過去，一個在吃咖哩飯，一個在吃皮蛋瘦肉粥，我一手直接打翻一個，食物灑在他們身上，他們燙得唉唉叫。

他們氣得要揍我，我冷冷對那個剛剛碰我胸部的人說：「你只要打我，我就告你，順便請店員調監視器，多告一筆性騷擾！」

「最好告得成啦！」他不以為然。

「可以試看看啊。」吵架的時候，就是死也不能縮，氣勢強一半就先贏一半。我瞪著他，他看了我一眼，再看了我背後一眼，拉著朋友走人。我轉過頭，看到喬治森冷的臉，才知道他們可能不是怕我，是怕他。

我走向高中女孩。給她一個微笑，「妳剛才有聽到狗在叫嗎？」

她不理解的看著我，我告訴她，「所有不好聽的話，妳就當狗叫，不要去管，也不要跟狗計較，如果他還是叫不停，妳的水壺就丟過去，不要隨便讓別人欺負妳。」

她吸吸鼻子，點點頭說：「好，謝謝姊姊。」

我的天，我就是這麼虛榮，她沒有叫我阿姨，她叫我姊姊，這女孩將來絕對前途無量，我敢保證！我微笑送她離開，然後走回紅綠燈前，繼續等著過馬路。原以為喬治會說我多管閒事，但他什麼都沒有說。

我們一起走回家，在進大廳時，那個吐了我一腳的嘔吐男也在，上前就是給喬治一個擁抱，然後狂撒嬌的說我好想你等等。我被晾在旁邊有點尷尬，只好默默的搭電梯上樓。在電梯裡，我想的只有一件事。

就是我的晚餐還在喬治手上。真心覺得自己白出去一趟，連泡麵都沒有補貨。電梯門打開的同時，我看到貴婦正打開喬治家門。她可能以為電梯上來的是喬治，所以等了一下，發現是我之後，不以為然的打量了我一眼便關門。我當下第一個想法是，如果喬治帶人上來，那三人見面該怎麼辦？

看在他剛才幫了我一下，我決定下樓去跟他說，於是我折返去按電梯。但他正好搭了電梯上來，以為我是在等我的晚餐，忙把麵遞給我，「不好意思，剛忘了把麵給妳。」我拿過麵，緊張的問他，「你另外一個客人走了嗎？」

「什麼客人？」

「就剛那個男生。」

「他走了。」

我不知道我為什麼要替他緊張，但我很明顯的鬆了口氣，「那就好。」

「什麼意思？」他一臉不解。

「有另外一個客人在你家。」我說完，他還是一臉莫名，我繼續說：「反正，我是覺得你還是公私分明一下，不然很容易出事的。」

「能出什麼事？」

「由愛生恨啊，你自己注意一下。」我很久沒有那麼雞婆了。我真心不知道我今天在多管閒事什麼。

什麼打架、虐狗，欺負老人這種事，二十幾歲時，我看不順眼，上去就是直接吵，到了三十幾歲則會報警。但現在我老實說，我只會在旁邊看，除非真的很誇張，看不下去才打電話報警，不然我會去做自己的事。

記得前陣子在路上看到一對情侶吵架，吵到打起來，男生很狠，女生也不遑多讓，感覺就是常打架的樣子。我沒有多停留，直接回家，回到家後，我有些不安心再折回去看，那對情侶不見了。我問在公園的遊民伯伯，他說他們走了。

「那女生還好嗎？有受傷嗎？」

「沒有啦，他們很常在這裡打架啊，就住巷子後面的鐵皮屋，我偷偷跟妳說啦，男的愛吃毒，女的愛賭，都一樣啦，妳是在煩惱啥？」伯伯用著流利的台語跟我說。

我笑笑搖頭離開，只是在回家關上門的那一刻，覺得自己怎麼突然變得這麼冷漠，有些無法接受這樣的改變，所以才想再去看一下。

但那次之後，我也沒有把那份計較不公義的熱情找回來，好像我就成了沙漠一樣，再也成不了綠洲。

如果二十、三十、四十都是一個階段，有時候想想，這個階段的自己，除了比較不用擔心生活斷炊，活得其實也沒有什麼意義。

我抬頭看著還傻在原地的喬治，沒打算再多說什麼，帶著我的晚餐轉身進門，然後一如既往的追劇、喝啤酒，吃飯。突然間，「砰」了一聲，我以為是音效，但那聲音立體到我以為是在隔壁發生的。

接著又砰了一聲，我很確定這不是電視傳來的。

我把電視關了，隱約聽到貴婦又在抓狂的細微聲音。這裡隔音做的很不錯，所以我不用知道別人為了什麼吵架，但聽音調就可以知道又在吵架了，我再次把電視打開。

我不會說喬治是什麼好人，所以我擔心他。

這世界上沒有絕對的好人更沒有絕對的壞人，我們都是在跟生活對抗的普通人，時時刻刻在為自己的選擇負責，喬治也是。如果這份工作是他的選擇，那他就只能面對，我也要面對我明天準備回去銷假上班的事實。

人都是在壓力下長大的，只是有人幸運長正，有人不幸長歪。

可能是我習慣被壓力對待，當我告訴憶珊，我還得背三十年幾百萬的貸款時，她一度要拉我去龍山寺祭改，她覺得我瘋了，為什麼要買間房子讓自己生活品質變差？

我也不知道，可能人年紀越大，越想要擁有一個屬於自己的家吧。

而一切都有代價，畢竟人生從來就沒有不勞而獲。

所以我關掉電視，準備先去洗澡再睡覺的時候，隔壁連那種細微的爭吵聲都沒有了。我暗暗的鬆了口氣的同時，聽到外面好大一聲甩門聲。有人走了，這場仗總算結束了，阿門。

我洗好澡，打開電腦，把今天收到的信件處理一下。差點忘了明天下午還有新員工的面試，本來想打電話要憶珊把面試的履歷丟給我，但想想又算了，超怕她知道我要銷假，丟來的何止是履歷表，可能又是一堆工作，我只好又默默收下手機。

我決定上床去睡。第一次睡在新家，我其實也沒有特別激動，二十歲衝，三十歲拚，四十歲也不知道是不是力氣用盡，已經什麼都不求，對未來最大的期待只有兩個字「平淡」

平平淡淡的過日子，不要有什麼大起大落，也不要有什麼節外生枝，更不要有什麼悲情坷坎。我也不求什麼大富大貴，靠我自己雙手穩打穩紮就好，只要老天爺不用特別關注我就行了。

就在我幾乎快睡著的同時，我聽到東西拖在地上的聲音，然後又是很細微的聲音。可能夜特別靜了，這些聲音聽得特別清楚，不是吵，但你就是知道隔壁的人不知道在忙什麼。

我就這麼聽著這些小聲音，緩緩的入睡。

而在新家的第一天，我卻夢到了那天，那個十幾歲的我站在阿姨家門口，看著裡頭東西全搬光，空盪盪的樣子，那是我第一次知道什麼叫無家可歸四個字。我看著我自己蹲在地上哭，我想過去叫她不要哭，身體卻動不了。

我看著那個無助的自己，也默默的流下眼淚。

說真的，四十歲了，其實也沒有變得特別勇敢。

## 4 關於遺憾，二十歲製造，三十歲看穿，四十歲彌補。

我是個少夢的人，我向來太不作夢的。

就連我爸媽死了，我也從不曾夢到過他們。我常在想，他們怎麼連死了都沒有想過來看看我這個女兒，為什麼這麼小氣，他們難道一點都不擔心我嗎？還是一點都不在乎我有多想他們？

曾經有人跟我說：「他們知道妳會把日子過好，所以去天上當妳的守護神。」我那時候相信了，他們就在天上看著我，但說真的，變成守護神就不能來我的夢裡嗎？一定要抽象成這樣子？

明明這麼不容易作夢，結果我卻夢到了丟下我的阿姨。

我一起床，就覺得今天一定會特別倒楣。老天爺通常都會給你一個sign，提醒你，「欸，我要整你了喔，你最好做好準備！」我現在感受特別強烈。還是不如我明天再銷假上班，今天就繼續在家裡躲躲厄運？

但我想了想，四十歲了，還要活得這麼窩囊嗎？

所以我還是換了衣服、化了妝，準備去上班。沒想到一走出門，就看到隔壁門外放了一堆垃圾，盒子裡還有碎玻璃。昨天到底是吵得多凶，東西摔成這樣？換作是別人可能會傻眼，但我親眼看到那個貴婦連名車都撞了，這些檯燈、花瓶等小東西，已經不算什麼了。

可我要轉身離開時，看到玻璃上有血漬，忍不住抖了一下。

第一個念頭是，他應該還活著吧？這樣感覺起來，昨天最後那個甩門聲，應該是貴婦，她一定是沒事，才有那麼大力氣，不好好關門。而這些垃圾肯定是喬治收拾的，所以他應該也沒事。

嗯，那就都沒事。

我如此的仔細推敲後，覺得沒什麼大問題時，又讓我看到半透明的垃圾袋裡，有一堆沾了血漬的衛生紙，感覺是大傷，他該不會失血過多而死吧？但我要去多管閒事嗎？

我掙扎了一會，最後還是放過自己，也放過他。說不定他根本不想讓人家知道什麼，我問多了，他不是更煩嗎？

就在我決定不按他的門鈴，要準備去上班時，他的門卻開了，我就站在他家門口跟他面對面，真的頓時心虛到不知道要擺出什麼樣的表情，氣氛乾到我只能先道早安。

「早安。」

他走了出來，好像也是要出門，好奇的問我，「妳是要找我嗎？」

「沒有，就剛好站在這裡。」

「抱歉，昨天是不是吵到妳了。」

我搖頭，「沒事……」

我才說到一半，他就淡淡的說：「我會搬家。」

我差點嚇死，馬上開口，「你別誤會，我沒有這個意思，我不是來叫你搬家的，昨晚是有點聲音，但這裡隔音很好，就一些小的聲音。我只是看到垃圾袋裡面有很多有沾了血的衛生紙，想說你是不是受傷了。」我解釋得飛快，邊說邊打量他有沒有哪裡受傷，就看到他薄襯衫袖子裡的手臂好像捆了一圈紗布。

「你真的受傷了？」我問。

「沒什麼，就縫了幾針。」

「你這職業傷害真的滿大的。」

他看著我說：「妳是不是誤會什麼了？」

誤會什麼？說真的，當男公關遇這樣的客人，這真的不是賺多少錢的問題，最重要的是有沒有命花吧？看他包成那樣，哪是縫幾針而已。我拍拍他，就像拍拍我們公司的工讀弟弟一樣，「你傷口要小心照顧，我去上班了。」

然後我轉身去按電梯下樓，他跟了上來，我們一起搭電梯下樓到停車場。我見他像是要開車的樣子，我還是忍不住停步問他，「你要去哪？」

「公司。」他說。

「我送你吧，你手這樣怎麼開車？」

他想了一下後，才走向我的車，「那就麻煩妳了。」

「小事。」

我們上了車，我看他連安全帶都繫不好，最後受不了的伸手過去幫他繫，忍不住唸，

「你的手不方便了，還敢開車，拜託考慮一下路人的生命安全好嗎？」欠唸，我覺得那種擋在手扶梯口，跟高速公路超車不打方向燈的人，都要以謀殺罪抓去關，他這種手痛還硬要開車的人也是。

「抱歉。」他突然道歉。

他這麼的真誠，反而好像我有錯，我尷尬笑笑，只能轉移話題，「報路。」

我邊開車，他邊報路，但上班路上車子就是這麼多。我是那種只要坐上駕駛座就會忍不住罵出髒話的人，我不能理解明明也一堆男生亂開車，怎麼每次開車有意外就先說一定是女生開的。

但畢竟車上還有外人，我真的只能無限的在心裡瘋狂嘆氣跟罵人。他好像看出來了，很大方貼心的說：「想罵就罵吧。」

我瞪著前方開在中間的車，「你不覺得這種車很欠罵嗎？車道兩個給他開，硬要開在中間是怎樣？還有剛那台，硬要去跟機車搶道，很趕是不是？不會早點出門嗎？」我都還沒有罵完，前面那台車華麗麗的給我急速剎車，我也只能邊罵髒話然後急踩剎車，下意識的伸手護住副駕的人。

幸好沒有追撞上去，我轉頭問他，「你沒事吧？」

他愣愣的看著我點頭，我有些不好意思的說：「抱歉，剛那句髒話，你就當沒有聽到。」

沒想到他看著我，重複一次我剛罵的那句髒話，一字不差，我真心覺得丟臉。

我尷尬的轉過頭繼續開車，幸好很快就到了他的公司，他對我說了聲謝謝，接著走進大樓裡。我往上抬頭一看，LADY CLUB的招牌就在某層樓的旁邊，看起來非常有質感。我猜消費應該很高檔，不管怎樣，人有各自的追求，只要不是傷天害理，做什麼都沒有關係。

很快換我到了公司，大家看到我都嚇了一跳，裝忙的裝忙，沒裝忙的就是來不及裝忙。雖然我現在是副理，但我也經歷過員工時期，怎麼會不知道狀況。

可我就是睜一隻眼閉一隻眼。

如果你今天只出了七十分的力氣，卻能達到我的要求，我不會要你百分百盡力。那三十分你可以休息，可以做你想做的事，我不會有第二句話。對我來說，工作不是全部，生活才是。

說來荒唐，我過去非常看不起不努力的人，現在卻覺得不需要活得那麼用力。我的改變有時候連我自己都會嚇到，但活了四十年下來，如果要問我有什麼心得，我只會說，這世界上沒有什麼比日子不好過，更不好過的事了。

我進辦公室，打算先澆澆我養的一些盆栽植物。拿起水壺，水都還沒有灑下去，憶珊就衝進來了。她還沒有開口我就先說：「對喔，我銷假了！」

她馬上衝過來抱住我，「我就知道妳不會丟下我不管的。」

「我是不能丟下我的貸款不管。」我很實在的說，她沒好氣的放開我。

「就不能對我說點好聽話？」

「這世界上最沒有意義的就是好聽話。」

「算了，不跟妳計較，妳回來上班就好。」

「妳是不是忘了我才是副理？還不跟我計較？」

「妳不要講不過我就用職位來壓我。」

被發現了！

我朝憶珊露出一個職業微笑，來表達我對她的敬佩。

年紀越來越大還有一個改變，就是容易認輸。以前誰吵得過我？現在累了，我就直接舉白旗，何必爭的面紅耳赤？不如留點力氣來喘氣比較實在。

「家都搬好了？」她問

「嗯。」

「住起來覺得怎樣？」

「不錯啊。」

「鄰居呢？好相處嗎？」

我愣了一下，這問題有點難回答，憶珊見我在思考，馬上猜到，「怎樣？看妳表情好像有什麼難言之隱？」

「哪有，鄰居還不錯啊。」人很好，就是事有點多。

「妳買房子的事，友新哥知道了有生氣嗎？」憶珊知道我沒跟友新提過買房子的事，她是個不怕吵架的人，所以就算對方知道了會制止，她也會去做，她的告知就是那種「欸，我跟你說我要做了，所以你別來煩我、吵我」的意思。

但我不一樣，以前吵架覺得是情趣，現在吵架覺得很煩，但也是因為不想吵架，所以變得很多事更不想說了。這是我要檢討的地方，可我不一定會改進。

人就是這樣，你知道自己哪裡不夠好，但偏偏那樣不夠好的地方能讓自己過得舒服，你就不會去改。

我放下灑花壺，淡淡的跟憶珊說：「我和他分手了。」

她一臉錯愕的表情，我知道沒有跟她講清楚，肯定也是沒完沒了的問。所以我非常快速講過一輪從我生日那天發生的事。她聽完後，拍拍我的肩，「分得好，妳比較適合單身，要找到跟妳合適的伴侶，可能下輩子？」

「謝謝喔！」我沒好氣的瞪了她一眼，其實我隨便，如果自己一個人過也沒有很差，那為什麼不自己一個人就好？

「還是我們以後一起住養老院？」憶珊笑笑的對我說。

聽到這樣的話應該要感動，可我卻心裡一凜。這句話，是我曾經和三個女孩的約定，那時候我們年紀很小，正青春，未來的一切正美好。但人事已非，那些曾經要好過的人，現在不知道去了哪裡，而有些人，我也不想知道她去了哪裡。

年輕女孩們說好了一輩子要當好朋友，那時候的我們，天真到完全不知道一輩子有多長。不過短短幾年，「約定」就好像被吹散的蒲公英，輕飄飄的不知道還能飛去哪裡。

小女孩們的友誼，總是特別容易被摧毀。

後來，我再也不敢跟誰做約定，因為修復那顆失望的心，得花上好久好久，我沒有幾個十年、二十年可以用來療傷。

「不要，好膩。」我回絕了憶珊的邀請，她一副覺得我沒義氣的表情，我再次給了她一個職業笑，然後告訴她，「聊完了就該報告一下現在進度吧？」

憶珊搖搖手上的 iPAD，「當然。」

於是我們兩個很快速的開了個會議，目前一切都在掌握中，還提了幾個不錯的新的合作案，月彤找了一間科技公司，準備在萬聖節活動當天，利用VR來玩討糖活動。

「這滿不錯的啊。」我說。

「我又沒有說不好。」

「多給月彤鼓勵啦。」

「那妳怎麼不給我多點鼓勵。」

她一說完，我馬上給她十個愛的鼓勵，「夠嗎?不夠可以再加。」

「敷衍!反正妳會給她溫暖，我就繼續當黑臉。」這也算是職場上的另一種分工合作，基本上，我和憶珊搭配得還不錯。

「對了，下午的面試有幾個人？」

「什麼下午，等一下就要面試啦，因為大會議室下午被業務部借走了，聽說要招待日本來的客人，小會議又全是這次活動的ＤＭ跟宣傳品，沒有場地。我們行銷部不過要應徵幾個小企畫人員，當然只能摸著鼻子妥協啊，這就是我們行銷部家裡沒大人，才會被欺負。」

「說的好像妳都沒有欺負過別人一樣。」我說。

憶珊尷尬笑笑，轉移話題的說：「要把名單給妳嗎？」

「不用了，看本人比較準。」我話才剛說完，就見月彤進來，對著我們說：「副理、主任，今天面試的人都已經報到完成。」

我點點頭起身，和憶珊往大會議室去。

我們兩個就坐在主面試官的位置。聽著所有來面試的人，說出每一句對未來的期待和想像，很容易看出來，這個人到底準備好面對社會的現實了沒有。還是只是想找份聽起來還不錯的工作，在同儕之間說出公司名字時，不至於太丟臉就好，又或者是說不知道要做什麼，先找份工作擋擋。騎驢找馬的人，其實一輩子都很難從那隻驢上面跳下來。

一次面試十個人後，我們先休息一下。

憶珊去喝水，我則是去洗手間。經過走廊時，看著那些等著面試的年輕人，有的緊張、有的低頭不語。我明白人生若真要抓住一個機會，不是自己努力就好，每次結束面試宣布人選後，總會有幾個孩子在走廊上掉淚。我一開始非常不習慣，覺得自己是不是做錯了什麼。

後來被芬妮經理唸我煽情，她說我就是太閒才會想太多，所以那陣子被她操到一個不行。我在那陣子的熬夜裡得到一個真理，就是先不要急著同情別人，活著不只為難，也是一種難為。

當自己努力過後才會知道，機會之所以珍貴，是因為人人都看的到，卻不一定人人都能拿在手上，這是人生的第一課。

就在我往洗手間走去時，我聽到有人喊了一聲，「表姊。」

我根本不知道這是在叫誰。那個人又喊了一聲，「芷言表姊。」

我一愣，回頭就看到曾經一起生活過的人，帶著微笑，大大方方走到我面前，熱絡的跟我打招呼，「妳忘了我嗎？我是千儀啊。」

雖然很想忘，但很難忘的阿姨的獨生女，陳千儀。

我住在她家的那陣子，雖然她才十歲，但也是讓我吃盡苦頭。她藏我的校服，把蟑螂放進我的便當，弄壞我的作業，所有你想像不到十歲會做的事，她全對我做了。我不是沒有向阿姨求救過，但她給我的理由是，「她才十歲，怎麼可能做這些事？」

從那次之後，我就不曾再對阿姨說任何一句話，只能忍耐，只能等我長大。

然後那個對我做過那麼多壞事的女孩，現在正用著甜甜的笑容叫我一聲表姊？我看著她身上的訪客證和面試者名牌，原來她也是來應徵的。

「妳認錯了。」我冷冷回答，才要離開，她又往前一攔。

「妳是不是還在氣我以前對妳不好？」

我笑了笑，「妳沒那麼重要。」

「我以前真的是年紀小不懂事，以為這樣很好玩而已。」

「抱歉，我還要忙。」我又不是神父，為什麼要來找我告解？

「表姊，妳別這樣，我真的很想要這份工作。」

「那就用妳的本事應徵上。」我說完轉身走人，連洗手間都不想去了。

回到大會議室，憶珊見我表情不對，「不是去上個廁所？怎麼臉這麼臭？」

「上不出來，我便秘，繼續吧！」

於是面試繼續進行。我翻了一下後面的應徵人員履歷，看到了千儀的資料，沒有想到她居然寫父母雙亡。我心裡一沉，如果姨丈跟阿姨真的過世了，那麼那一天我在轉角看到推著車子在回收紙箱的女人是鬼？所以我衝下計程車去找，才會什麼都沒有看到？

難道阿姨全家捲款逃跑時，我向老天爺許的願成真了嗎？我說，我詛咒他們家一輩子會有報應。

頓時，我覺得自己好像殺人兇手。

一直到千儀進來面試，我都還在想著這個問題。

我看著她坐在我面前，端莊又有禮的樣子，要是我出去說我以前念高中時被十歲的她霸凌，誰會相信？只會認為我一定是個瘋子吧。

她有備而來，對憶珊的提問滔滔不絕，那張嘴就像過去一樣能言善道，把偷阿姨錢的罪過全都栽贓到我身上。

「選擇我們公司的理由是什麼？」憶珊問著千儀。

她微笑說著，「喜歡自由的工作氣氛，工作待遇和福利也很好，最重要的是我表姊也在這裡工作，我很以她為榮。」

我冷冷的抬頭看她，她給了我一個自以為是的微笑，請問她以為我還住在她家嗎？

憶珊不知道狀況，好奇的問：「妳表姊？哪位呢？」

「就是楊芷言副理。」

憶珊錯愕的看向我，可我一點都不驚訝千儀的小把戲，我只是淡淡的繼續問著，「我看妳工作經歷不少，但工作時間最長的也不到一年，請問妳離開那些公司的理由是什麼？」

她眼神閃爍，「公司都很好，但比起賺錢，我更希望能在公司學點什麼，如果發現這公司不能給我新的東西，那我就會選擇離職。」

「所以妳是把公司當補習班的意思？」我微笑再問。

「當然不是，只是覺得要有成長。」

「成長是自己的事，公司不是付錢請員工來學東西的。」她想反駁，但我沒有打算多聽她講什麼，「陳小姐，麻煩妳先外面稍做等候。」

千儀看著我，眼神透露出她的不爽，但她還是起身，朝我跟憶珊頷首致意後，才轉離開會議室。

她一走，憶珊馬上拉著我問：「怎麼回事啊？都沒有聽妳說過有個表妹？」

「就是不重要我才沒說，妳該不會想看我面子，就把她分數打高吧？」

憶珊一肚子氣的站起，「副理，妳要為這句話跟我道歉，我是那種公私不分的人嗎？」

「對不起，我馬上道歉，是我嘴快。」憶珊的確不是這種人。

她這才心情好的坐下，「我才要跟妳說，就算她是妳表妹，妳找我說情也沒用，光看她剛才直接搬關係出來，我也不會用她。」我點頭微笑，繼續面試，等全部面試完已經是兩個小時後了。接著再和憶珊討論幾個不錯的人選，再從裡頭挑出三個最終人選，直接交由人資部去發表。

公司是採用當場決定人選的方式，至於沒有面試成功的應試者，會提供車馬費及餐點，再送上餐廳的折價卷，感謝他們願意花時間給彼此一次見面的機會。沒想到當我和憶珊再聊了一輪，準備離開會議室一起去吃午餐時，千儀還在，而且明顯是在等我。

憶珊看了狀況也明白，跟我說了一句，「副理，我去辦公室等妳。」

我點點頭後，看向千儀，她走向我，劈頭就說：「妳是不是故意的？想報復我嗎？」

「純粹就是不適合。」

「騙子，妳那麼討厭我，怎麼可能會公平？」

「妳不滿可以跟公司投訴，上網就查得到信箱。」我實在是懶得多說，想要走人，她往我面前一擋，「錢又不是我拿走的，妳不要把氣出在我身上！」

「不是妳捲走的，但妳有沒有花？除非妳履歷上出國留學拿回來的學歷是假的，不然我想不出來，妳爸根本沒有在工作，是怎麼送妳出國的？」

她語塞，然後有些惱羞成怒的衝著我說：「那是他們要我去的！妳以為拿走那些錢，我過得很好嗎？我爸一直賭，全賭光了，我學校也沒有畢業就回來了。不要以為妳很可憐，我才可憐好不好！本來還有房子住，最後連房子也沒有了，我們全家住在廟後面……」

「關我什麼事？我不在乎妳可不可憐，我沒有去跟你們追究這件事，已經是很看我爸媽的面子，對你們一家子夠仁慈了。」

「妳根本就是公報私仇！」

「我還需要報仇嗎？妳現在跟我一樣無父無母，已經是懲罰了。」

「不好意思，只有妳無父無母，我爸媽是我不要他們的，我才不要拿我的人生跟他們一起去死。他們欠債、欠醫藥費都是他們的事，跟我沒有關係，他們在我心裡就是死了，反正他們也都快死了！」千儀說完氣呼呼的走人。

我站在原地，想起過去曾經想像過他們狼狽不已的痛快畫面，可在此時此刻，我竟然覺得非常悲傷。

我一個人到頂樓去吹吹風，除了感嘆以外，還是只有感嘆。我感嘆我爸媽辛苦存下來的錢就這樣被揮霍掉了，我知道姨丈愛賭，也很清楚阿姨自己賺的錢都在幫他還債。我也不是沒有想過，他們丟下我的原因大概就是欠了賭債，所以才會把錢給捲走。就是知道可能是這原因，所以更恨、更氣，更覺得他們憑什麼。

現在我自己過得好好的，那段最難過的日子我走過來了，我努力成了自己不討厭的人，認真工作和生活。他們給過我的痛苦，不知道在哪一天慢慢被封在我的心裡，我想不起，也不要想起。

可是，今天又讓我這麼碰上了過去。

我握在手裡的手機突然震動了一下，是憶珊傳訊息來，「幫妳買了個排骨飯，風吹完了就快點下來吃。有年紀了還敢這樣吹，不怕頭痛喔？昨天有分店在反應這次新做的廣告易拉架很容易壞，我去巡一下。」

我看著訊息笑了笑，我的那些痛苦，可能都是被這樣的溫柔給化解的吧。

突然間很想謝謝那些給過我溫柔的人，雖然他們可能也曾經帶給我痛苦，但無論如何，我現在都還算是幸福的。

我回到工作崗位，把那個排骨飯吃光，然後努力工作。雖然被老總叫去唸一頓，說我還真放心休假，部門沒大人怎麼行呢？要不是他去夏威夷出差，肯定不會准我假。唸了半小時，他才肯放我走。

我就當他太久沒看我，想見見我，這就是人家說的轉念。

本來要請憶珊吃飯，謝謝她的溫柔和這陣子的辛苦，結果她早跟朋友約了喝酒，我只好回家叫外送。

正當在回家途中，我停著紅綠燈，想著今晚來點什麼的時候，一台推車從我面前經過，那天在轉角看到的那抹人影再次出現。

那個丟下我的阿姨，正辛勤的抹汗，吃力的把推車推上人行道，卻因為推車的輪子卡到，整台翻覆。

這時綠燈了。

但我眼神只有阿姨慌張忙亂的身影，後面的喇叭聲提醒我動作，我只能回神踩下油門，想當作沒有看到一樣的離開。可卻在下一個紅綠燈，我還是選擇迴轉，迅速在她的旁邊停下，然後打開車門走下來。

她彎著身子撿拾空瓶，撿到我面前，抬頭一看，發現是我，嚇得退了好幾步，眼神很心虛，什麼話都不敢說。下一秒，她居然轉身就跑。就在她穿越馬路的同時，一台車子疾駛過來，我聽到長長的剎車聲，接著我看到阿姨倒在了地上，我瞬間腦子一片空白。

然後看到了喬治從某台急停的計程車下來，過去幫忙。我不知道自己是怎麼走過去的，也忘了自己是怎麼上了救護車，忘了救護人員跟我說什麼，我什麼都沒有聽見。

到醫院後，喬治狂拍我的臉，我才能夠回神。醫生說話的聲音變清楚了，他告訴我，阿姨並沒有外傷，真正讓她暈倒的，可能是另外一種病。

也就是在車子撞上她之前，她就先昏過去了。

我向那台車的駕駛道歉，造成他的困擾，幸好他也不計較，還以為阿姨是故意去碰撞的，最後這全是誤會一場。駕駛離開後，我問醫生關於阿姨的狀況，他才告訴我，查了之前在這間醫院的病歷，發現幾年前檢查到胃裡有顆腫瘤，但後續沒有追蹤，也聯絡不到人。

「那能幫她再做個檢查嗎？看該做什麼就做什麼。」我說。

醫生點頭，邊跟護理師交代些我根本聽不懂的事邊離去。我坐在急診室外的長椅，想著是不是該聯絡千儀。

突然一瓶冰涼的水放到我面前，我抬頭一看，差點忘了是喬治打電話叫救護車，也差點忘了是他陪我來醫院的。被他拍醒後，直接把他忘得一乾二淨。

「謝謝。」

他坐到我旁邊，沒說什麼只是喝水，我只好先開口，「那個，你可以先回去了，已經佔用你太多時間，我自己留下來就可以。然後拜託車資讓我付，不然我真的對你很不好意思……」我才說到一半，就看到他原本包紮的傷口處，好像有血滲到了繃帶上，染了些微的紅。

我忍不住大叫，「你的傷口裂開了！」

我趕緊去找護理師幫他重新處理傷口，然後才慢慢回想，他剛才還幫著救護人員抬阿姨上擔架，我就只是跟個無行為能力的人一樣，廢在那裡。

果然年紀不能代表什麼，只能證明反應更遲頓而已。

在等待喬治重新包紮的過程裡，我打給了憶珊。

「幫我個忙。」

「說。」

「妳把人資部發給你的履歷資料發一份給我。」

「全部？還是只要妳那個表妹的就好。」

「嗯。」不愧是跟著我工作這麼多年的人，講一句就猜到全部。

「我找一下，馬上傳給妳。」

她聽見我聲音急切，但不會多問。不到一分鐘，我就收到憶珊傳來千儀的履歷表，找到了她的手機號碼，撥電話給她。原本她接起電話的聲音還很清亮，一聽到我說我是誰之後，瞬間改變。

「幹嘛？」

「妳媽在醫院。」我說。

「我父母雙亡。」然後她就掛電話了。

我沒有生氣，也沒有意外，我也不會因為這樣覺得她不孝。每個家庭的問題都是他們自己的，對錯我沒辦法判斷，她跟阿姨和姨丈的問題，她要自己解決，而我也要解決我此時此刻的問題。

我還沒有仁慈到可以親手照顧阿姨。

於是我拜託護理站打聽可靠的看護人員，很快的在樓上找來臨時看護幫忙照料，直到阿姨能夠出院。費用我會負責，更多的我做不到，也沒辦法做。

解決問題後，我回到急診室裡找到重新包紮好傷口的喬治，結果醫生跟我們說傷口有些感染，不排除晚上會發燒或有其他不舒服的症狀。如果嚴重，必須馬上回醫院治療。

我和喬治點點頭，然後護理師拿了他的健保卡和批價單過來，「去櫃檯批價拿藥後就可以回家了。」

我才剛要伸手去拿，喬治用另隻一手把東西拿走，冷冷的說：「妳是不是很愛付錢？」

「話不是這樣說，你的傷口裂開我有責任啊。」

「所以妳要對我負責的意思？」

「只對你傷口裂開這件事負責。」

他撇嘴一笑，「滿聰明的，但我比較喜歡自己付錢。」他轉身往櫃檯去，我在他身後喊，「欸，那讓我送你回去，聽到了嗎？哈囉！」

他沒轉頭回答，只是舉起那隻沒受傷的手揮了揮，表示他有聽到的意思。我轉身走回急診室，和臨時看護互相留了電話，才要離開，就見阿姨醒了過來。一看到我，她又掙扎的要從病床逃開，臨時看護拉都拉不住。

我冷冷的說：「會怕的話，當初為什麼要這麼做？」

阿姨頓時停下了動作，低頭不敢看我，默默的哭了出來，全身顫抖著，「對不起、起不起，我知道是我貪心，但我也只是想過好日子啊，我多羨慕阿姊嫁了個好老公，又顧家又有錢，妳媽就是永遠都比我好命……」

「我媽命好的話，怎麼會那麼早死？不管我媽命有多好，那都是她的事，不是妳可以把她留給我的所有東西佔為己有的理由。妳那時候怎麼對著外婆的牌位說妳會照顧我，可是妳有嗎？妳的照顧就是丟下剛成年的我，不管我的死活，騙走我爸媽留給我的遺產走人。我已經失去一個家了，妳有想過我會怕嗎？」

「言言，阿姨知道我對不起妳，但我已經沒有錢可以還妳，錢都拿去還債了，我只有這條命，不然命給妳。我知道妳一定會很恨我，如果我死了妳可以消氣，那我馬上就去死！」

聽到這樣的話，我更是氣到說不出話來，誰要她去死？我氣到嘴也賤了，「怎麼辦呢？我更想看妳生不如死的活著。」

說完我轉身走人，身後傳來阿姨爆哭的聲音。

喬治不知道什麼時候站在一旁，看起來應該是聽見了全部，又故意裝沒聽見的樣子。我不管誰聽見了，我心裡的怒氣就是排山倒海而來。為什麼覺得死就能彌補一切呢？這真的是我聽過最沒誠意的一個道歉。

我氣到找不到車子停哪裡，在停車場裡頭像無頭蒼蠅一樣四處亂竄，最後喬治淡淡的說：「如果妳是要用這種方式消氣，那妳走了快二十分鐘，應該可以結束了。但如果妳是真的來停車場找車子的話，我可能要提醒妳一件事。」

「什麼事？」我說。

「妳車還停在路邊。」

「對喔！」我忘了我是跟他一起坐救護車來的。我再一次向他道歉，「對不起。」

「現在比起對不起更好的三個字是，叫車吧。」

我丟臉死了，和他一起走出停車場，快速的攔了計程車，決定先去開我的車。告知司機車子被我丟下的位置後，我才有空望著車窗外整理自己一天的情緒，從原本的恨到無感，再到此時此刻的心酸，我突然覺得變老最大的壞處就是容易善良。

剛才聽到阿姨的哭聲，竟然我覺得有些可憐。

媽的，我沒錢吃飯的時候，都沒可憐過我自己，我現在居然在可憐一個傷害我的人，我難道不善良嗎？

「後悔了？」他突然沒頭沒尾的問我。

「後悔什麼？」

「說重話。」

他是我肚子裡的蟯蟲還蛔蟲嗎？

「我不想討論這個話題。」我覺得跟鄰居討論私事很尷尬，即便他幫了我這麼大的忙，我還是覺得保持一點心靈上的距離比較好。

「好。」他也不在意，我覺得很好。

看著他越包越大的手，忍不住提醒他，「醫生剛說的，你都有聽到吧？」

然後他回我，「我不想討論這個話題。」

被別人用自己的話賞一巴掌的感覺，太讓人火大了。

我懶得理他，下了計程車，換搭上我的車，我也沒有跟他說話。到家後停好車，我們要去搭電梯時，又遇到剛好從電梯裡走出來的阿紫奶奶。她見我們兩人一起回來，開心的走來問，「你們去哪？」

我們兩個同時回答，「沒去哪。」

「那就是去約會。」

「沒有。」我們再一次異口同聲。

阿紫奶奶反倒被我們莫名的默契嚇到，我和喬治都累了，沒多理阿紫奶奶，就直接走進電梯。我承認我關門鍵是按得有點快，超怕阿紫奶奶跟進來又要說些莫名其妙的話，接著到了樓層，我們各自去開自己的門。

感覺我好像應該跟他表示點謝意時，沒想到才剛張開口，他已經進去了。

算了，就當他沒這個福氣好了。

所以我也回到了我的家，舒舒服服洗了個澡，再煮了個泡麵追完劇，接到臨時看護的電話，說阿姨哭完後本來要吵著回去，結果又昏過去了，醫院這邊會盡快安排檢查。我再麻煩臨時看護多費心後，我掛掉電話，關掉電視，屋子裡一片安靜無聲，隔壁也沒有半點聲響。我想著醫生說他有發燒的可能，忍不住有些擔心。

我起身出門，站在他家的大門前徘徊著，試著想從門縫暈出來的光源找到一點他還活著的蛛絲馬跡。我整個人幾乎是趴在地上看進去，想試著得到一點情報時，他突然開門，對著趴在地上的我說：「進來吧。」

我嚇得馬上起身，「我沒有要進去！」

「那妳在外面這麼久幹嘛？」

「妳怎麼知道我在這裡很久了？」

他拿出手機，打開門口的監視器錄影，重播了我剛才有多蠢的畫面。我直接按掉，「好了！不就醫生說你晚上可能發燒嗎？我怕你……」

「生不如死的發燒著？」他故意開我玩笑。

我真的不是看他，我是直接瞪他，「不，你直接燒死算了，算我雞婆。」

我一把將他推進門，直接反關上他家的門，轉身回我家。我在他身上體會到了什麼叫代溝，我都快沒有乳溝了，現在居然還開始跟年輕人有代講，我深感哀傷。

我刷完牙洗完臉，躺到床上去，憶珊這才打給我，問我發生什麼事了。想想她也是真的不容易，忍了好幾個小時，現在才敢問。

「沒事。」

「不是沒事，是妳不想告訴我。」

我深吸口氣，很簡單的帶過我跟阿姨家之間的一些過去，換她沉重起來，我苦笑，「就是怕妳這樣，我才不想講的。」

我們倆就這樣聊到了半夜，「那妳接下來有什麼打算，不會真的要花錢幫她治病吧？」

「說真的，我不知道，到時再說吧。」

我無法給人生預設立場，畢竟它從來也沒有聽過我的話，只希望不管接下來有多少的磨難跟挫折，我都可以一個一個慢慢解決。

「是說妳那個鄰居也滿妙的，好想看看到底長得多帥，能當男公關。還是說我們改天一起去捧他場？」

「妳有病啊？」

我們就這樣笑笑鬧鬧聊到睡著，然後這個晚上，我居然夢到了我媽和我爸。二十幾年來不曾來過我夢裡的他們，今天卻出現了。只是不管我怎麼問他們要如何處理阿姨的事，他們卻一句話也不對我說，只是對著我笑，一直笑著。

最後，我的問題，還是我的問題。

# 5

## 關於挫折，二十歲看不開、三十歲難看開、四十歲看很開。

隔天一早醒來，我呆坐在床上，想著我爸媽來我夢裡到底是什麼含義，就這麼想著想著，然後想到差點遲到。我真的在自己床上彈起來，還差點摔得狗吃屎。雖然說主管級員工是不用打卡的，但只要我沒休假，一定會準時到公司刷卡片。

這是我對自己最基本的要求，不想忘了那個從以前就很努力的自己。

於是我快速的整理後出門，在關上自己家門的同時，我看到隔壁的門，忍不住擔心裡面的人是不是發燒了。本來要走去電梯的我，最後又折回家裡，去把喬治給我的那瓶藥酒拿在手上，當成是我得按他門鈴的藉口。

於是，我按了門鈴，沒有人回應，我又按、再按、再按，還是沒有人來開門，這有三種狀況，一是他睡死，二是他出門，三是他處在有呼吸跟沒呼吸之間，真的病癱了。

我很快的做了決定，衝到樓下大廳，阿紫奶奶正和另一個管理員伯伯交班，我衝過去就問：「我隔壁的有出門嗎？」

阿紫奶奶一臉錯愕，「幹嘛？」

「你們有沒有看到他出門？」

「我沒有。」阿紫奶奶和管理員伯伯同時說。

我問管理員伯伯，「昨天是你值班嗎？」他點頭，我繼續問：「確定他都沒有出去嗎？」

「我是沒看到啦！」管理員伯伯說。

我頓時有種不好的預感，「開門！」

阿紫奶奶愣了一下，按下大門開關，有些不耐的說：「門就在那裡，妳走過去就會自動開了，還要我幫妳按喔？」

「是我隔壁的！」

「不行啦，我們怎麼可以隨便開住戶的門咧。」管理員伯伯猛搖頭。

「他昨天傷口裂開，醫生說有可能發燒，如果真的發高燒沒有人理，死在裡面怎麼辦？

誰要負責？」

我一說完，阿紫奶奶馬上打開抽屜拿了磁卡鑰匙。管理員伯伯還在制止，「要不要先報警？還是我打魏先生的電話看看？」

「你打！」阿紫奶奶說完，拉著我就往電梯去，本來有點緊張的氣氛，阿紫奶奶突然一句，「你們感情進展這麼快喔？」

「不要亂說。」

「不然妳怎麼知道他有發燒？你們有肌膚接觸了是不是？」她一臉好像中獎的樣子，我實在是不知道她在爽什麼。

「妳是不是有點為老不尊？都幾歲了，怎麼可以思想這麼齷齪？發燒是醫生說的，而且是有可能發燒……」她其實根本沒在聽我說話，就是一直在那邊偷笑。我真的懶得多說，腦子不知道都裝什麼。

到達樓層，我直接拿過阿紫奶奶手上的磁卡，就衝到隔壁家門感應，迅速的推門進去。喬治就這麼躺在沙發上，臉色蒼白。阿紫奶奶跟在我後面，也嚇了一跳。我伸手摸了一下他的臉，很好，燒到燙手。

阿紫奶奶擔心的看著我說：「妳有沒有覺得，他生病的時候更帥了？」

我整個人傻眼，要不是她是長輩，我真的髒話就送她了，「快叫救護車！」

然後喬治拉拉我的手，搖頭，「不用，我睡一下就好。」

原來他還有意識，但我聽了很傻眼，「再睡下去就不是一下，是一輩子了。」

「我不想坐救護車。」他很虛弱的說，但我實在是聽不懂，這不是想不想的問題，是他得去看醫生。而且昨天晚上他明明就跟我一起坐過了不是嗎？是腦子燒壞了嗎？

我沒有理他，拿起手機就要打，他突然用力的抓住我的手，搖頭說：「別打。」

說真的，我頓時被他眼神裡的堅持跟森冷嚇到。我無意識的妥協，收起手機，接著很嚴肅的跟他說：「不打可以，但你得要想辦法起來，畢竟我沒那麼大力氣可以背你、抱你。你得讓我能開車帶你去醫院，除了這樣，你沒有別的選擇。」

他深吸口氣，努力扶著沙發坐起身，我過去扶他，讓他把手放到我的肩上。幸好阿紫奶奶可能也覺得有些嚴重，這次沒當豬隊友，識相的趕緊幫我開門，按電梯，在幾次喬治幾乎要從我肩上滑下去時候，伸手幫忙扶著他。

直到喬治坐上我的車，我已經滿身汗了。

「我跟妳去。」阿紫奶奶眼看要上車，我馬上關上車門，「不用了，我送他去就好，因為我無法一次面對兩個我無法控制的人。」四十歲的人生不能再像過去那樣失控了。

於是我上車，載著昏沉的喬治到醫院去，請護理人員跟志工幫忙讓他躺上病床後，我才鬆了口氣。然後打去公司請憶珊幫我處理手邊比較緊急的事，順便讓她幫我在人資系統上註明請假。但她說有個預算的簽核，得由我本人親簽才能再往上送。

「我晚點進公司一趟再簽。」我回應憶珊，目前也只能這樣了。掛掉電話的同時，護理師也過來跟我說明喬治的狀況，傷口感染導致的發燒，等點滴打完，看狀況再決定需不需要住院觀察。

護理師要我去幫他填寫一些資料，可我只知道他姓魏，「等他醒來再自己寫可以嗎？我跟他不熟，只是鄰居。」

護理師一臉錯愕，「抱歉，我以為妳是他女朋友。」

我乾笑兩聲，「不是。」但莫名的心情有點好，我看起來這麼年輕？女人的快樂就是這麼樸實無華且枯燥。

在他打點滴時，我去了阿姨的病房，她正熟睡著。看護告訴我，她昨天不知道哪裡痛了一夜，醫生幫她打了止痛針後才睡著。一早做了很多檢查，剛剛醒來一下喝了點水又睡著了。

「楊小姐，我不是嘴壞，是我照顧病人已經很多年了，我是覺得妳阿姨的狀況可能不太樂觀，妳看她下半身幾乎都是水腫的，幫她擦身體看到她身上有很多疤痕，有些傷口還有臭膿，就算可以治療，時間也是不多，妳要有心理準備。」看護很好心的跟我說。

我點點頭，「麻煩妳了。」

再看了阿姨一眼，我轉身離開，突然知道爸媽為什麼不告訴我了，因為老天自有他的安排。我們都不是做決定的人，救不救她都不是我說了算，我要做的是救我自己。

救了她，我會不會覺得比較快樂？不救她，我就會甘心了嗎？別人的人生難題，原來換個角度，也有可能是我的。

我再次回到了喬治的病床旁，他已經醒了，只是還有點虛弱的樣子，「你還好嗎？」我問。

他點點頭，我再問他，「要不要喝點水？」他再點點頭，我去外頭幫他倒了杯水過來，幫他把床頭調高，讓他自己喝。

「謝謝。」他對我說，然後換我點點頭，他看著我，我也看著他。

那一瞬間，我發現原來溝通是可以不用說話的，我似乎可以知道他還要說什麼，他也好像知道我會說什麼，這是第一次我無法解釋心裡的這種感覺，就是那些拉拉雜雜的瑣事，我都可以不用說。

都懂就好。

我不用跟他說不客氣，也不用跟他交代我是怎麼進去他家，把他抬到這裡的。那些都不重要了，因為這也不是他的重點，重點就是他謝謝我，而我覺得這沒有什麼，並且希望他快點沒事這樣。

所以一直到點滴打完，我陪他到櫃檯批價的時候，連我拿出他的錢包和手機給他時，他仍然什麼都沒有問，也沒有做作的說：「妳怎麼可以拿我的東西？」又或者是，「怎麼會在妳這裡？」

廢話，不然是要怎麼看醫生啊，我還特別請阿紫奶奶去找，才能帶他來醫院啊，我真的幸好他沒有問我這些事，這種不用客套不用廢話的感覺，讓我覺得很舒適，他把藥包、健保卡、錢包和手機，全遞給我，「麻煩妳，我先去一下洗手間。」

「好。」我接了過來，在旁邊等他，然後不小心看到健保卡上他的名字跟生日。他有個好聽的名字，魏以晨，他整整小了我九歲又三個月。三十歲的時候還埋怨自己怎麼要老了，沒有想到四十歲的我，居然也會羨慕三十歲的人，怎麼那麼年輕！

突然我手上的他的手機震動了，來電名字是美珠。

我當然不會幫他接，只是這美珠非常的有耐心，打了一通又一通，至今還不打算放棄。我想喬治是不是在拉屎，怎麼可以這麼久還不回來，沒想到在美珠大概打了三百通後，才看到喬治走來。

我趕緊把手機給他，「找你的，打很多通，應該是有急事。」他看了眼手機來電，卻是直接關機，然後對我說：「走吧。」

我沒多問，和他一起走向停車場。才剛開出醫院，就接到憶珊的電話，她要我儘快去公司簽核那份公文，財務部狂催，怕又告去總經理那裡，說我們行銷部就是不配合。我只能答應憶珊馬上過去，請她二十分鐘後把文件拿下來給我簽。

掛掉電話後，我跟喬治說：「抱歉，我可能需要去公司一趟，因為從這裡過去順路，我上去簽個東西馬上就好，你要等我一下。」

「其實我可以自己下來坐計程車。」

我轉頭看著他一臉蒼白，「算了，我還是送你回去吧，只是你要稍等我一下。」

「沒問題。」他說。

「你累了就先睡。」

他點點頭，但沒有睡，卻是從口袋裡拿出一盒新買的ＯＫ繃，然後拆了一片，拉過我的右手，在我的左手指關節上貼了一塊。我這才發現我左指居然有受傷，可能是剛急急忙忙拖他下樓，不小心撞到的。

「你眼睛很利。」

「妳神經很大條。」

我看了他一眼，他笑笑的躺回椅背，然後閉上眼睛，像是真的打算睡一下。我望著他的側臉，就感受上帝造物的不公平，有些人睡著還是帥，但有些人睡著就像豬，就我。

我回神開車，到公司時，憶珊已經在樓下等我，我趕緊下車過去，就見憶珊一臉怨氣猛抱怨，「那個財務部的老妖女，就是趁芬妮姊不在故意刁難我們，真的超有事。她老公在尾牙稱讚過一次芬妮姊，就讓她吃醋到現在，有病！」

我笑笑接過筆，在文件上面簽了名，「都知道她的個性，幹嘛這麼生氣？」

「就是不爽啊，講真的這份文件是有多趕？明明就是看到我幫妳請了早上的假，硬要妳來公司一趟而已啊，幼稚死了。」憶珊說到一半，眼睛突然瞪大，我好奇的回過頭去，就見喬治突然走下車，站在車旁。陽光灑在他的身上，好像聚光燈一樣，他就像個明星在那裡閃閃發亮。

我傻眼，這位先生是下來幹嘛？

「那誰啊？怎麼從妳的車下來？」憶珊好奇的問。

我才剛要回答時，才發現友新的車不知道什麼時候停在我車子旁邊，然後他也走下車，臉臭到一個不行的瞪著我，再不以為然的看著喬治。憶珊在我耳邊說：「妳要不要上去避避風頭，我看妳前男友可能誤會什麼了。」

「隨便他。」

我把文件給憶珊後，走向喬治的同時，鄭友新走向我，在錯身時拽住了我。我對於他伸手就愛拽人這件事越來越覺得不爽，我抽開我的手，即便我很清楚我們現在不再是男女朋友，但他仍然是公司的廠商，我們有公事上的關係。我勉強一笑，「鄭副理，有事嗎？」

「妳這什麼意思？」

「嗯？」

「妳跟我分手就算了，還這麼光明正大把一個牛郎帶公司來，怕人家不知道妳這麼賤？」什麼叫分手分得難看，就是這一種的。我看著友新，突然覺得他很可憐，他那時候跟我在一起，是怎麼忍住不做他自己？

我真的沒有想到他會是說這種話的人。在我的心裡，他除了控制欲比較強以外，他算是個溫暖、體貼、對每個人都好的好人，他沒有對我說過重話，我不曾看過他去說過誰壞話。我頓時覺得要不是他有雙重人格，就是還有個雙胞胎弟弟，而此時在我面前的，不是和我在一起的那個他。

「妳到底有沒有想過我的立場？」

又要吵了，真的是有夠煩的，「第一，就像你說的，我們分手了。第二，那我還需要考慮什麼立場？」

「還有很多人不知道我們分手，妳就載他來，不就擺明讓我丟臉？」

「需要我發帖子跟全世界的人說我們分手了，這樣才算是真的分手嗎？你為什麼這麼在意別人的看法？我們的事，我們自己處理好了就好，不是嗎？我的車子要載誰，難道我還要向你報備？」

「妳至少等大家知道我們分手，再載別的男人吧？」

「你是不是很介意是我提的分手？其實你可以跟所有的人說，是我的問題，所以你甩了我，我沒關係的，我不在乎。」

我說完走人，然後他在我身後大喊，「妳的意思是讓所有人知道，妳是上牛郎店，愛上牛郎才跟我分手的，也沒關係嗎？」

頓時整個公司外面像吹過一陣冰冷的風，經過的同事、路人全看向我。我真的突然笑出來，誰說四十歲看人不會看走眼，我根本走眼到荒腔走板。不就還好我不想結婚？不然跟鄭友新真的結婚，我還不在一星期內離婚嗎？

人生成就一次完成兩樣，也是不容易。

我頭也沒回的繼續走，他又喊，「連牛郎都直接載來公司了，妳還真行啊！」我相信一句話，只要自己不尷尬，尷尬的就是別人。

我不理他，我看他要喊到什麼時候。

我走向車子，喬治難得露出不一樣的眼神，好像有點擔心，開口問我，「他是不是誤會什麼了？」

「管他的，上車。」我坐上車，喬治也坐上車，我們兩個人都沒有說話，我只是把憤怒發洩在油門上，我不是不知道他緊抓著手把，但我實在是太不爽了，都忘了上次這麼不爽是什麼時候了。

「妳可以考慮一下路人的生命安全嗎？」

當他這麼一說，我的火氣頓時全消了。我放慢速度，嚇到差點哭出來，我爸媽是因為車禍過世的這件事，我怎麼會在這一刻忘了，我不能害別人啊。

我試著要自己冷靜，他突然開口，「我不喜歡探人隱私，但如果妳心情不好可以說出來，反正我聽過就會忘了。」

我看了他一眼，「那你耳朵摀起來。」他真的乖乖照做，當他摀住的那一秒，我開始把這幾天因為和鄭友新分手所受到的怒氣全說了一遍，當然中間也夾雜了很多髒話，重點是時間抓得剛好，在我停好車的同時，也發洩完畢，頓時心情舒暢。

但他傻眼的看著我，「妳是說，他誤以為妳是我的客人？」

「你都聽到了？」

他翻我白眼，「妳以為摀住就聽不到嗎？妳在天真什麼？」

「那就是你摀的不夠緊，你不守信用。」

「重點不是這個，重點是牛郎……」

我知道他介意什麼，我直接跟他道歉，「對不起，我真的不知道他誤會得這麼徹底，因為看到那張名片，又看到你坐我車上，他才會聯想我是你的客人，然後把分手的問題全怪到你身上，還在大庭廣眾之下把你的職業說出來。我知道你一定很生氣也覺得很委屈，我很抱歉，但我對任何職業都沒有偏見，牛郎又怎樣？靠自己能力賺錢就是本事，你一定有你的考量。我不是在說風涼話，我是真心誠意這麼認為的。」

他看著我，一臉頭痛的樣子。

「抱歉。」我再次道歉。

他張開口要說什麼，卻又吞了回去，轉身往電梯去。我趕緊追上前，卻又不知道還能夠怎麼解釋。一到達樓層，我跟他一起走出電梯口時，上次吐了我一腳的男士朝我們衝了過來，直接抱住喬治。不，既然我不是他的客人，我應該叫他魏以晨。

那個男人抱住了魏以晨，又哭了起來。

我當沒看到的想刷指紋進門時，我聽到了魏以晨悶哼一聲，我回頭一看，那男人完全不知道魏以晨手上有傷，弄痛了他的傷口。我下意識上前拉開兩人，這才發現，那個男人也長的非常好看，皮膚更細緻，眼眶含淚就像含星星一樣，抹去眼淚，錯愕的看著我，一臉「小姐妳哪位？」的表情。

「他受傷了，你不要碰到他的傷口。」我說。

「我碰他哪裡關妳什麼事？」他反嗆我。

「你是耳朵被塞住嗎？我說他受傷了，你沒聽見？」

「妳這麼凶幹嘛？」

「那你口氣這麼差幹嘛？」我冷冷看他。

他拉拉魏以晨問：「她誰？」

我直接回答他，「被你那天哭的要死要活又醉到不行，吐到整個腳都是的鄰居。」

那男人啊了一聲，再跟魏以晨確認，「被我吐到的人就是她喔？」魏以晨看著我們兩人吵成這樣，滿臉無奈的點點頭。

那男人馬上換了一張親切的臉，笑笑的對我說：「不好意思，晨有跟我說這件事，我還想說要找一天請妳吃飯道歉，造成妳的麻煩真的很不好意思。」

「不用了，但是他受傷了，而且還發燒……」

他緊張的摸摸魏以晨的臉，「你怎麼發燒也沒有打給我？沒事吧？醫生怎麼說？」

魏以晨撥開那男人的手，「沒事，我今天有點累，你先回去吧。」

「可是我有話想跟你說。」

「讓他休息吧，他真的累了一天了，昨晚可能也沒有睡好。」

他口氣沒有剛才的具侵略性，而是用一種很疑惑的口氣問：「妳怎麼知道他昨天沒睡好？妳在他旁邊？」

「不是，是因為他陪我去了醫院。」

「他為什麼要陪妳去醫院？」

我頓時有一種自己是小三被正宮逼問的感覺，可我也不知道我為什麼要心虛，或許是心裡也不排除他們是情侶，就算魏以晨是在 LADY CLUB 工作，也不代表他不能喜歡男生啊，這也是他的自由，那我怎麼能夠害魏以晨被他的愛人誤會。

「不好意思，你不要誤會，是因為……」

魏以晨突然開口對那男人說：「好了，你不要煩了，快回去。」那男人又快哭出來，我頓時倒抽口冷氣，真的不想捲入情侶的戰爭，太鬧了。

「你昨天都發燒了，我陪你啦。」他拉著魏以晨拜託著。

「我真的很累。」

「我又不會吵你。」

「你現在不就是在吵了？」

「我哪裡吵了？我是關心你耶。」

「不用，你把你自己顧好就好了。」

兩人爭執起來。我也是第一次看到魏以晨有這種生氣的反應，比較像個人一點，也不是說他平常不是人，就都冷冷的，情緒也沒有多大的起伏。唯一讓我覺得比較有共鳴的，可能就是他那雙時常帶著觀察世俗意味的眼神。

我四十歲了，好像可以真的把人生看的很淡，可他的眼神比我的更淡，但他才三十歲。

「回去。」他又冷冷的對那男人補了一句。

「不要。」那男人也真是夠倔的。

我決定退出別人的戰爭，默默準備要去開門時，聽到魏以晨大罵，「林喬治，給我滾回去！」

我的手縮了回來，看向那個叫林喬治的男人，再看著魏以晨，從那晚在山路開始一直到現在，好像人生的跑馬燈在我腦海裡跑了一圈，東拼西湊之後，我發現自己似乎鬧了一個很大的笑話。

我吞吞口水，上前問著那位林喬治，「你叫喬治？」

「對，怎麼了嗎？」

「你是不是有張黑色鑲金邊又很有質感的名片？」我問得很含蓄。

「妳有？妳是我的客人，我沒看過妳啊！」

我苦笑出聲，根本不敢看魏以晨，畢竟我才剛剛在二十分鐘前講了一篇屁話，我現在回想起來，都覺得自己連去撞牆都對不起牆。

我頭低到不能再低的說了句，「我不是你的客人。」然後用最快的速度回到我家。好久沒有這麼失態過了，我需要壓壓驚，所以我去開了酒。我不是不喝酒，我以前喝得可比憶珊還誇張。

可是當你去健康檢查得到了好幾個紅字，你真的會對自己的身體心虛，我最應該照顧的是我自己的身體，是這付軀殼在為我燃燒和付出，所以我才開始節制。

如果有人問我，要怎麼讓自己身體變好，我只有一句話，就是去做健康檢查。這麼一來，就會發現我們離死亡其實很近。

我灌了杯紅酒，想著剛剛進門前，我偷瞄了魏以晨一眼，看到他似笑非笑的眼神，我知道我什麼都不用解釋，他就是知道我誤會了。然後剛在停車場才會一副懶得多說，我就看妳什麼時候才要發現的樣子。

好喔，此時此刻都有了答案。

我用半瓶紅酒深深的檢討了我自己。得向魏以晨道個歉，我誤會就算了，還讓他被公司其他人跟路人誤會。台北很大，但也很小，無論如何，因為這樣的陰錯陽差，的確讓他吃了一記悶虧。

四十歲了，沒太多時間困在這種小情緒裡。我振作一下，去洗了個臉，決定去打開電腦，先把今天該完成的工作完成，然後打給憶珊，打算跟她討論些細節時，她就跟我說：

「妳走得很瀟灑，可是公司炸了。」

「什麼意思？」

「現在妳前男友成了史上最悲情的男人了，大家都在同情他。」憶珊才告訴我，我離開之後，我找牛郎的事馬上傳遍全公司就算了，還傳遍整棟大樓，連管理員都在討論我的事。

「不用理他們，久了就沒事了。」

「我覺得可能會再八卦一陣子，我還在洗手間還聽到，有人說妳前陣子請假就是包養牛郎出國玩。」

「無聊。」

「他們就是無聊，嘴才會癢啊，還好妳今天休假，妳最好做足心理準備，這陣子耳朵盡量關起來。是說今天跟妳一起來公司的到底是誰？不會真的是那個牛郎吧？」

「劉憶珊！」我沒好氣的喊。

「大聲也沒用，到底是誰？我知道妳懶得解釋，可是我不會懶得幫妳解釋，妳總是要讓我知道一下狀況，我才能去堵那些人的嘴。」

「妳當沒聽到就好。」

「我沒辦法，妳快點說。」

在憶珊的執拗下，我把來龍去脈說了一次。她在電話那頭笑到不行，我不能理解，「到底有什麼好笑的？」

「超好笑啊，妳怎麼會發生這種事，這不像妳啊，我那個冷靜又有魄力的芷言姊去哪裡了？」

我直接掛她電話，希望她感受到我的魄力。

我繼續回到工作上，陸續有一些訊息進來，不外乎就是問我是不是真的跟鄭友新分手了。但其實是想問我是不是有去叫牛郎吧！奇怪了，就算我今天真的花錢找人陪我吃飯喝酒聊天，那又怎麼樣了？花的是我的錢啊，到底關其他人什麼事呢？

我真的是懶得多理，打了幾通重要的聯絡電話，有些人好像也得到消息，跟我講話不像以往熱絡，有些保持距離的感覺。我掛掉電話，其實是有些洩氣的。第一是合作這麼久了，彼此工作上都已經有了默契，可他們不信我。第二，是你的努力竟如此輕易的被一個沒有求證過的消息給毀了。

我不是四十歲才遇到挫折，而是連四十歲遇到挫折，心裡還是會覺得受挫。我只能盡量別被影響，好好工作，直到肚子餓到受不了起身，準備去煮泡麵的時候，我的門鈴響起。

不誇張，我手裡的鍋子差點拿不住，有些緊張，上前用貓眼看了一下。還好是阿紫奶奶而不是魏以晨，畢竟，我真的還沒有想到該怎麼跟他道歉。

我把門打開，阿紫奶奶快步進來，才要關門，門又被推開。我轉頭去看，嚇了一跳，是林喬治。

「你？」

「我買了點心，一起吃。」他笑笑的跟著阿紫奶奶進門。

我整個人還在狀況外，我之前住了五年的舊家，就只有兩個人進去過，一個是憶珊，另一個是鄭友新，現在我家好像變成全家，都是每個人的家一樣，非常隨便就進來。

更隨便的是，我把門關好，他們已經開始在吃了。

「有飲料嗎？」阿紫奶奶問我。

「有咖啡嗎？」林喬治問我。

兩個人都在對我笑，笑得我心裡發寒。我真的在心裡重重嘆口氣，好聲好氣的說：「你們難道不應該等我說請進兩個字後再進來嗎？」

「要重來一次嗎？」林喬治抱著他買來的三明治，打算再去按一次門鈴的樣子。

「算了。」我輸。

我去冰箱拿了果汁給阿紫奶奶，再幫林喬治煮了杯咖啡，才剛要坐下拿個三明治時，阿紫奶奶說：「妳剛才不是拿了鍋子，應該是要煮泡麵吧？我也想吃！」

「我也是。」林喬治附和得天衣無縫。

兩個人張著大眼眨巴眨巴的看我，我只好去煮麵。才剛把水放上爐子，兩人又同時要求，「要加蛋！」「如果有點青菜更好了！」

我直接回頭瞪他們，兩個人才安靜下來，我才能安心煮麵。就聽著他們倆聊天，阿紫奶奶問林喬治關於魏以晨的狀況，他說魏以晨剛吃完藥睡著了，我安心了一點，至少沒事。

泡麵很快就煮好了，沒有蛋也沒有菜，他們兩個一臉責怪我的表情，「要吃就吃，不吃也沒關係。」我直接丟出這一句。

所以他們乖乖的去拿碗吃麵，我才吃下第一口，林喬治突然說了一句，「妳以為我哥是我喔！」

我嚇得一口麵噴出來，「你哥？」

阿紫奶奶點點頭，「對啊，妳不知道他們是兄弟？」

「我應該要知道嗎？」什麼荒謬的對話，我忍不住再問：「但你姓林啊。」

「他跟他爸姓，我跟我爸姓。」我聽懂了，意思就是同母異父吧。

我忍不住說：「我還以為你們可能是情侶。」然後換他口中的麵噴出來。

「很噁心耶。」他沒好氣的說。

「抱歉。」我不知道我為什麼要道歉，不是說不知者無罪嗎？「因為我看到你哭著抱他，又說為什麼不愛你之類的，本來以為你可能是你哥的客人，但後來想想也有可能是情侶，總之就是我自己亂想亂猜的，我沒有惡意。」

「我原諒妳。」他說，我要感謝他的大方嗎？

「謝謝。」我說。

「是我要謝謝妳啦，謝謝妳帶我哥去看醫生，不然他那種死個性，我現在可能沒有哥了。」

阿紫奶奶笑笑說：「人都有死個性啦，遇到對的人就會自己治好了。」

他突然爆氣的說：「阿紫奶奶，妳不要再跟我說什麼對的人，妳上次說小元是我的真愛，他不還是劈腿了？還說幫我看手相，說我桃花會很旺。旺個屁，女人愛我，不算桃花好不好！我喜歡男生，給我正緣可不可以？」

「不是我不給你，是你們比較特別，我有時候會算錯嘛！」

我又忍不住好奇的問：「你做這個工作，不是應該要有女人桃花比較好嗎？」

他沒好氣的看著我，「我不是牛郎。妳以為上面印 LADY CLUB 就是牛郎店嗎？老娘我是時尚顧問好嗎？專門幫那些找不到自己風格的女孩找出自我，教她們各種儀態、言語談吐，好散發自己魅力成為更愛自己的女人！妳到底幾歲啊？怎麼腦子這麼古板啊！」

我沒好氣的回他，「我四十，我就是古板可以了嗎？」

他驚呼，「妳四十？妳大我一輪又多兩歲耶，我二十六歲！好啦，妳看起來比四十歲還要年輕個五六歲，也算是妳人生成就，但妳的脖紋可能要保養一下。」

「吵死了。」我真的是忍不住吼他。

他也不在意的笑笑，反問我，「那妳叫什麼名字啊？」

「楊芷言。」

他再一次驚呼，「天啊，妳的名字好好聽喔，我以為四十歲的女人，可能都叫什麼淑娟、怡君的……」

在我決定要替全台灣的淑娟跟怡君討一個公道時，門鈴又響了。阿紫奶奶健步如飛的去幫我開門，就見魏以晨走了進來。好啊，請問這到底是誰家？能不能讓我清靜一些？

林喬治一看到他哥就跑過去說：「欸，魏以晨，那個姊姊叫楊芷言耶，是不是很好聽？我以為她叫什麼佩珍之類的。」

好啊，又多得罪一個佩珍。

「不好意思，他有點吵。」他用著有些抱歉的眼神看我，我給了他一個完全明白的眼神。

「幹嘛一來就說我壞話啊？肚子餓了吧，還有三明治，不然叫芷言幫你煮碗麵，我們剛吃飽。」

啊？什麼時候他可以直接叫我芷言了，還指使我做事，第三次！

「不用了，走吧！」

「欸，我又不是傳訊息叫你來帶我回去的，我是叫你來熱鬧一下的！」

我看到魏以晨的眼神閃爍了一下，好像平常真的活得很孤僻一樣，我不自覺的脫口，「煮麵很快，你坐一下。」

我轉身去煮麵，就聽到林喬治說：「坐啊，站著幹嘛！」

於是魏以晨坐了下來，吃了我煮的泡麵。我們四個就這麼莫名的聊起天，正確來說應該只有林喬治和阿紫奶奶在聊，我和魏以晨就是隨口應個幾聲這樣，還莫名的聊到天黑，叫了外送，聊到阿紫奶奶先回家，林喬治那張嘴還是沒停。我才知道他們兄弟各自開了公司，在同一大樓上班，也難怪我誤會得這麼徹底。林喬治說著他的創業路，說到忘我，直到魏以晨不小心在我的沙發上睡著，我才推推林喬治，「別聊了，你哥都睡著了。」

他瞬間起身，「那我回家了。」

「你要回家？把你哥帶走啊！」

「讓他睡這裡好了，如果晚上又發燒了怎麼辦？」

「欸，我是女生耶。」

「我知道啊，然後呢？不會吧！妳不會又要說什麼男女要保持距離這種古板的話嗎？放心啦，我哥沒那麼隨便！」

我真的手一伸就往他後腦杓呼過去，還好他閃過，衝去門口對我揮手，「我哥就拜託妳了。」

然後走了，連桌上的碗也不幫我收。

我看著魏以晨，必須承認我真的狠不下心叫醒他，只好拿我的被子稍微幫他蓋一下，然後收拾滿桌殘局，再去洗澡整理自己。一個還算陌生的男人就這麼睡在我的沙發上，可不知道為什麼，我一點也不覺得特別彆扭。但之前幾任前男友住我家裡的時候，我卻很希望他們不要留下來過夜，我會有種喘不過氣的感覺，我喜歡一個人住。

不知道為什麼，魏以晨好像就跟我家特別搭。

算了，我也沒法多想，今天一天真的夠折騰了，我很快就上床入睡了，但半夜突然自動醒來，下床去看看沙發上的人還有沒有呼吸。見他胸口起伏的速度平均，還微微打著鼾聲，我笑了笑，他還活著，而且應該睡得很舒服。

接著，我再回去我的床上，然後一覺到天亮。

我在想，應該不只是他好久沒有這麼熱鬧，我也是。

# 6

## 關於危機，二十歲害怕，三十歲不安，四十歲我管你去死。

早上醒來之後，走出房門，魏以晨已經離開了，沙發上是他摺好的被子，看樣子他病應該都好了。我把被子收好，然後去梳洗準備上班。昨天憶珊要我有心理準備的這句話，頓時又在我腦海裡閃過。

其實，不管你再怎麼準備，都應付不了任何突如其來的危機，但我會堅強，這是我唯一能給自己的力量。

我走出家門，下意識又往隔壁看去。察覺自己有這樣的舉動，讓我有些心慌，我強迫自己不要有過多的關心，趕緊去搭電梯。接著我的手機震動起來，一個陌生號碼打來，我接起。

「你好。」

「芷言！」林喬治熱情又嬌縱的聲音傳來。

我嚇到，又看了一眼我手上的手機，確認真的是我的之後，我再接起，「你怎麼知道我的手機號碼？」

「阿紫奶奶給的。」

我想我也不用問為什麼她有，因為管委會就會有。

「幹嘛？」

「晚上去妳家吃飯。」

「為什麼？」我驚慌失措。

「叫烤鴨怎樣？還是要吃火鍋？」

「不是，你有沒有在聽我說話？」

「有啊！晚餐大家都要吃，那就一起吃啊！先這樣喔，我要去幫客人拿貨。」他說完就掛了，我還處在一種三魂七魄飛走一半的錯愕中。但我也不想回撥，因為他就是沒在聽我說話，我只好深吸口氣，開車上班。

先面對我今天的難題再說。

當我走進辦公室，看到大家一如往常的跟我打招呼，喊著副理好的樣子，我忍不住笑，其實要做好準備的人根本不是我，是大家。

明明很想說我什麼，又不敢在我面前說，這樣子忍著，其實比我更辛苦。如果有哪個人敢來我面前問我，「副理，妳真的叫牛郎嗎？」我一定馬上把他的考核成績加分，理由就是勇敢，還有不浪費時間。

可我工作了半小時，還是沒有人來問我，只是我偶爾抬頭，就會看到幾道馬上閃開的眼神。為什麼要浪費時間？

此時，憶珊提著咖啡進來，笑笑喊我，「副理，早。」

「妳笑得滿賤的。」我說。

她大笑，笑到連外頭的人都在看，「好了沒？誇張！」

「不是啊，我看到外面那些人快憋死了，就覺得好笑。」

其實我也覺得很好笑，但我不能笑他們，我只能提醒憶珊，「妳該工作了。」

此時，我桌上分機響了，我接起，是櫃檯打來的，「楊副理，一樓大廳有人找妳。」

「是誰？」

「沒說，需要問清楚嗎？」

「不用，我下去。」問了又怎樣，還不是要面對。

於是我把憶珊丟下，起身下樓，原本以為會是鄭友新又來要宣洩他的情緒，但遠遠看背影並不是他。我緩緩走過去，那人轉過頭來，居然是我阿姨的老公。我頓時覺得好笑，他怎麼敢、怎麼有臉來我公司找我？

他走向我，一臉客客氣氣的喊，「言言，好久不見。」

我沒說話，就是靜靜的看著他。他會來這裡找我，要不是陳千儀說的，要不是阿姨說的，我不意外，但我倒是想看他要跟我說什麼。他見我沒反應，裝熱絡的說：「看妳過得不錯，我就放心了。」

我差點笑出聲，在演哪齣？

「我聽妳阿姨說她昏倒在路中間，是妳救她的，謝謝妳啊，不計較我們以前對妳做的事，還對我們這麼寬容，甚至不計前嫌讓妳阿姨看醫生接受治療，我真的很感激妳。」

「要多少錢？」我開門見山直接問。

他先是一愣，又馬上故作客氣的說：「姨丈怎麼好意思再跟妳拿錢。」

他講完這句，我馬上轉身走人。他急忙跟過來喊住我，「言言，別走啊，我話還沒有說完。」

我回頭看他，「既然你不是來要錢的，那我們還有什麼話好說？」

「妳真的願意借我？」他一臉期盼的問。

我沒有回答，他默默的比了個五，我問：「五千？」他搖頭，我再問：「五萬？」他再搖頭，我冷笑一聲，「五十萬？」

「妳有嗎？我一定會還妳的，還有之前先跟妳爸媽借的那些，我都會想辦法還妳的。」

搶就搶了，還說用借的，我爸媽在天上聽到還不氣死嗎？

我看著他，淡淡的說：「五十萬我當然有。」他一臉欣喜，可我卻直接跟你說：「但我寧願丟進海裡，也不會借你。」

他表情一變，「妳這是在耍我嗎？」

「是啊，就像你們當年耍我一樣。」

「妳別太過分了！」他居然對我說這句。我真的會笑到頭痛，我一句話都不想多說，理都不想理他，直接走人，他卻在我背後喊，「妳不借也沒關係，反正錢都用妳阿姨的名字借，人家找她又不是找我。」

我轉頭對他說：「如果她會怎樣，那也是她的命。」想用情緒勒索我，那也得看在我心中的分量。我怎可能拿我的人生來跟他們賭，這就是一個不見底的黑洞，我為什麼要把我自己丟進去？

更何況，他還欠我，欠我爸媽。

我本來就知道他不要臉，所以才會這樣，但我不知道他能不要臉到這種程度，還敢來只控我的態度，到底有什麼問題？

我連看都不想看他，直接回到我的辦公室。突然覺得看到他們悽慘落魄也不是什麼好事，最好方式就是此生再也不相見，免得我心煩。

我真的是臉臭到不行的上樓，不想用這種情緒進去工作。我跑去廁所坐了一會兒，一直覺得我當初開車迴轉就是個錯誤，不要碰上就什麼事都沒有了。老天爺也真是煩，難道錢都捲走了還不算結束嗎？為什麼在多年後又要拖我下水，到底想要我怎樣？

媽的。

就在我收拾好情緒可以回去上班時，我聽到有人從外頭邊走進來邊聊天的說我八卦。

「好想看楊副理包養的那個牛郎長怎樣！」

「我聽樓下警衛說，他剛好在外面有看到，超帥的。」

「所以女人的理想型都一樣，就是帥。」

「跟男人的理想型，都要年輕一樣啦！」

「可說真的我覺得楊副理的男友不錯啊，真不懂她。」

「對啊，也不看看自己都幾歲了，以後哪能找到那樣的男友啊！」

「可能仗著自己長得還可以吧。」

「她？我覺得很普通啊，頂多就是有賺錢，靠衣裝吧，我是覺得她要去打打雷射拉拉皮，她臉真的有點垮了。」

我邊聽差點笑出聲，我都四十了，不能垮一點嗎？又不是垮到地上，是在嫌棄什麼？而且我不討厭有點皺紋的自己啊！

「會不會是她需求比較大？畢竟小鮮肉比較有力。」

「有可能喔，四十如虎，現在應該很饑渴。」

她們兩個哈哈大笑，我也是滿想笑的，這些孩子說人閒話也不創新一點，都沒有別的好說了嗎？

突然，我聽到月彤的聲音，「這樣私下說上司八卦不好吧！」

「她又不是我的上司。」聽這聲音就是業務部的珍妮佛。

「對啊，而且我們又不是在講她，妳幹嘛對號入座？怎樣？要去打小報告嗎？」

「我只是覺得妳們沒資格說我們副理，說我們副理年紀大，那你們幾歲？我比妳們年輕，說別人老我才有資格，還說我們副理臉垮，妳胸罩的襯墊拿下來啊，我看妳胸部有多挺！」

「顧月彤，再怎樣我們都比妳早進公司，妳這什麼態度？」

「副理也比妳們早進公司，還比妳們位階高，妳們又是什麼態度？私事關妳們什麼事，不說別人八卦嘴會爛掉嗎？」

「妳！」

我聽起來好像要大戰一場，正想出去幫月彤解圍，就聽到憶珊的聲音，「幹什麼？想打我的人？」

我馬上聽到業務部那兩個人用著乖乖的聲音喊著，「劉主任。」我差點在馬桶上笑瘋，如果我現在走出去，不知道會是什麼風景。

「再讓我聽到妳們說上司的閒話，我一定會讓妳們走人，要不要試看看？畢竟瘋狗珊這外號也是妳們取的，讓妳們看看我有多瘋要不要？」憶珊也是夠狠的，但我就是喜歡她這樣。

那兩個人馬上道歉走人，腳步聲急促到跟飛差不多。

接著就聽到憶珊跟月彤說：「以後有這種事來跟我說，妳去跟她們吵什麼？妳會吃虧，聽見沒！」

「知道了。」

「還有，這件事不准讓副理知道。」

「我不會說，可是辦公室大家都在亂講。」

「不管他們，嘴巴是他們的，但只要講到我聽到，我一個都不會放過！」

「嗯。」

「對了，妳說那個幫我們做ＶＲ活動的廠商，今天是幾點來開會？」

「下午一點半。」

「知道了，我會跟副理一起去開會。」

「那我去準備。」

「等一下，妳是沒有護唇膏嗎？嘴唇這麼乾？妳代表公司和廠商接洽，就是公司的門面，儀容什麼都要注意，這拿去用！」

「不用了，主任，我有。」

「拿去！這個比較好用！」

「謝謝主任。」就算沒看到月彤，我也能感受到她現在有多感動，我也是。劉憶珊就是這個樣子，看起來又凶又硬，但其實心比誰都軟，說我疼月彤，自己還不是口嫌體正直。

接著，應該是憶珊會不好意思的先走，接著才是月彤離開。

等到洗手間都沒有聲音了，我才走出來。雖然剛經歷不開心的事，但也遇到了讓我心很暖的事，謝謝替我站出來的她們，即便那些話沒有打倒我，可有人願意為自己發聲，還是非常幸福的。

我回到辦公室，給了她們一個微笑，雖然她們一臉莫名其妙，但我知道就好了。

只我屁股都還沒有坐熱，就被總經理叫去了。

這就是告訴你，凡事不要開心得太早。

我微笑的走進總經理辦公室，微笑的喊了一聲，「總經理。」

他沒有回我，就在那邊擦他的收藏茶壺，我就站在旁邊，很像做錯事的小孩，在等爸媽賜家法的感覺。

但他不是我爸，也不是我媽，只是我的上司。有事快說，我還有很多工作，等三分鐘我就不耐煩了。

「總……」經理都還沒有喊完，他伸手制止我，然後頭也沒抬的說：「芷言，妳一向很有自制力，將來行銷部經理的位置，芬妮沒回來也肯定是妳的，我覺得做人要知道珍惜。」

他收起茶壺，還是不看我，「我一向很器重妳，妳也知道……」

「總經理，你是要跟我說找牛郎的事嗎？」

他終於抬頭，「妳承認了？」

我都還沒有回答，他就繼續說：「妳怎麼可以這樣？還把人都帶來公司外面，讓人看到。今天樓上樓下別間公司的老總都在跟我說，我們公司怎麼這麼開放，妳說我丟不丟臉？

我真的搞不懂你們這些女人在想什麼，之前妳跟那個人資副理交往的時候，我就不贊成了，要找男朋友可以，別找合作廠商嘛。但因為是妳，我還是睜一隻眼閉一隻眼了。既然都在一起了，怎麼不好好在一起，聽說人家跟妳求婚，結果妳為了年輕牛郎拒絕了？妳怎麼可以這樣啦！」

我乾脆一句話都不說，看總經理要講到什麼，他果然不負我期望的張嘴就繼續再講，「公司是沒有明訂什麼戀愛條款，但妳要知道妳是公司員工，我現在真的很擔心外面越傳越難聽，說我們公司行銷副理花錢包養牛郎。妳喔，我真的不知道妳在想什麼，都這個年紀了，還這麼不懂事，妳說妳以後怎麼找得到像這樣的對象，妳真的以為自己還很年輕嗎？還想玩？妳有什麼條件玩？妳怎麼這麼荒唐？妳真的是讓我很失望。」

我還是沒開口，總經理可能終於無話可說，才開口問我，「妳都沒有什麼要說的嗎？」

「總經理都說完了，我要說什麼？」

他頓時詞窮，然後有些惱羞成怒的說：「妳想辦法解決啊！」

「要解決什麼？我說我根本沒有找牛郎，你信嗎？你不就是覺得我是八卦裡人家說的那樣，才會把我叫進來唸？那總經理還需要我解釋什麼嗎？你會聽嗎？你不會！總經理看了我十幾年，但我的努力還是抵不上一個八卦。如果因為我的關係，公司覺得蒙羞還是丟臉，我可以辭職。」

「妳這是在嗆我？」

「我沒有那個意思，我只是在幫總經理想辦法跟理由而已。如果沒有別的事要說，那我先去忙，或是你需要我直接把工作交接給憶珊，我也沒有第二句話。」我看著總經理，我的心裡怒氣幾乎到頂點，但我得忍下來，我得語氣和緩，才不至於讓人家覺得我真的有問題。變老的缺點就是所有人都覺得你應該成熟。

我呸！

可我這樣的說法，還是讓總經理不高興了，「妳是做對了什麼，這麼理直氣壯，沒有的事，人家怎麼會傳？」

「如果總經理是以自己和前兩任祕書關係過從甚密來舉例的話，的確是像你說的，一定是有，才會在公司傳開來沒錯。」

總經理氣得想掐死我，「出去！」

「謝謝總經理。」我直接出去，然後在關上總經理辦公室門時差點腿軟。我不是不怕失業，畢竟老娘還有貸款要還，可我真心不知道我為什麼要忍受這一切。我回到我的位置，大家一臉警戒，他們都知道我剛從哪裡走出來，大家都很會看臉色，什麼都不敢問我，連憶珊也沒有問我。

所以我有了非常專注的工作時間。可說我沒有被影響到是騙人的，怎麼可能呢？我再怎麼不想去在意，那些難聽的話還是不停的在我腦海閃過。每個人都覺得可惜，都覺得我錯過了一次機會，但我不覺得可惜啊！

難道就因為我四十歲了，我就沒有說不要的權利，我就應該去將就那個大家說還不錯的對象？為什麼不替鄭友新覺得可惜？全天下也只有一個楊芷言，就算四十歲，就算臉跟奶都有點垮，我還是這世界上唯一一個！

我氣得把滑鼠一丟，然後去把我辦公室的門關上，在裡頭狂砸我的抱枕。十分鐘後，再把門打開，憶珊就站在門口。我轉身回位置上，她走過來，「副理，該跟廠商開會了。」

「不是下午一點半嗎？」我問完，還看了下手錶，下午一點二十五分。

我整個人氣到不知道時間怎麼過的，就連中午沒吃都不覺得餓。原來這就是傳說中的氣飽？

「妳要不要先吃點東西？我那裡有餅乾。」

「不用了。」

「老總說話就是那麼難聽，又大男人主義，別理他。」

我看著憶珊，突然跟她說：「我真的很慶幸我買了房子，不然我剛可能把他那些茶壺都給砸了。我不做可以了吧！但我做不到，我有負債，媽的。」

憶珊大笑，「好，我確定妳沒事，走吧！咖啡機壞了，月彤先去買咖啡，我們先去會議室吧！」

我拿著資料起身，和憶珊一起離開我的辦公室。圍在某個同事電腦前的一群人，不知道多專心在看什麼，連我們出來也沒有發現。憶珊看了我一眼，表情很冷的直接走過去，清清喉嚨的說：「都讓開，我看一下你們在看什麼。」

頓時氣氛像僵住了一樣，所有人也都僵硬的移動著。我看到他們看我的眼神，我知道在八卦我的事。下一秒就聽到憶珊大罵，「這誰上傳的？」

眾人低頭不語。看憶珊這麼生氣，我也好奇，便走過去看，就看到公司網頁的留言板裡有一則匿名貼文，標題是行銷副理的胃口這麼大。裡頭貼著一張那天在公司外的監視器照片，魏以晨的臉就這麼清楚的被公開，照片上面還註明某家店牛郎，品質保證。

說我怎樣都可以，但不可以牽連無辜的人。

我沒說什麼，上前去坐到那個同事的位置上，把所有的資料截圖、翻拍，全都 email 到我信箱，然後起身對所有同事說：「工作，把你們該做的事情做好。」

大家尷尬的要離開時，就見總經理帶著鄭友新，和鄭友新的老闆走出來，一臉客客氣氣的招呼著。很像是小時候我打傷同學，那同學的媽媽帶著他來我家，要我爸媽給我一個教訓的感覺。

但我真的不能理解，都四十歲了，為什麼還跟四歲一樣？

我們四個人對看著，鄭友新一身受害者姿態，因為他的各種高調，所以我和他老闆也吃過飯，我們之間是認識的，他老闆朝我走過來，用著一種高高在上赦免我的口吻說：「友新到現在還在擔心妳委屈。一聽說妳的事又被亂 po 在網路上，就拜託我跟他一起過來，跟妳們老總說一切都是他的錯，要妳們老總別怪妳，也拜託大家都別再討論這些事。妳看他對妳這麼好，結果妳……」

他重重一嘆。

那個，不好意思，我才是那個最需要重重一嘆的人好嗎？

我才想試著把髒話口語化成正常的言語說出來，全辦公室的人又看向門口。我覺得不對勁，也跟著移動視線，就看到魏以晨走了進來，一身帥氣，頓時氣氛變得更僵。

我聽到了後頭各種聲音。

「他不就是那個監視器上……」

「對，那個牛郎！」

「居然直接找來公司？」

「副理好扯。」

我看了眼兩個老總，兩人聽著其他同事的低語，表情難看到一個不行，尤其是鄭友新的老闆，看著我的感覺就好像是他抓我姦一樣。

我真心覺得，他到底憑什麼給我臉色看？

魏以晨朝我走來，像一道美好的光，可是現在我只覺得刺眼，他為什麼會出現得這麼不合時機，重點是，他怎麼知道我在這層樓上班？他到底來這裡幹嘛？我沒有太多時間思考，在他還沒有開口之前，我伸手把他往門口拉去。

他一臉錯愕，「妳幹嘛？」

我咬牙低聲，「我才要問你在幹嘛？你來這裡幹嘛？現在情況真的很亂，真的不是你該出現的時機，有什麼事等我回去再說！」

他頓時有些不高興的甩開我的手，「我是來……」

他話還沒有說完，鄭友新不知道什麼時候走到我旁邊，冷冷的說了一句，「楊芷言，妳有道德底限嗎？這裡是公司，妳還讓這樣的人找到這裡來，妳把公司、同事觀感都放在哪裡了？」

「道歉。」我冷冷的回應鄭友新。

「妳憑什麼要我道歉？做錯事的人是妳，不是我！」

好的，真的是什麼顏面都不用替鄭友新留了。

我直接反嗆他，「我做錯什麼了？你說啊！難道是跟你分手？不，我覺得這是我這陣子做得最對的一件事！我總是覺得兩人在一起好聚好散，既然未來目標不同，那就分開，我祝福你對自己人生的追求，也拜託你讓我過我想要的生活。可是你就因為一張名片誤會了、生氣了，搞到現在全公司的人站在這裡浪費時間來看我們的笑話！一定要把場面鬧的這麼難看才可以嗎？還自以為貼心、溫暖，來幫我說話？不好意思，所有誤會都是從你開始，我不需要你幫我說話，我只要你道歉，對我，還有魏先生！」

鄭友新氣的臉紅，「妳不要太過分了！還要我對妳跟這個牛郎道歉？」

「先生，請你說話放尊重一點。」魏以晨也不爽了。

「做牛郎還怕被人家說嗎？仗著自己長得好看一點，年輕一點，就吃軟飯靠女人養，丟臉死了，還要人家給你什麼尊重？」

此時，月彤捧了四杯咖啡進來，一時之間還沒有發現氣氛緊繃，招呼著魏以晨，「魏老闆，你來啦！」月彤看著我站在旁邊笑著說：「你跟我們副理打過招呼了？那剛好，就不用特別幫你們介紹了，咖啡準備好了，我們可以去開會了。」

我一凜，看向魏以晨，他一臉「妳到底還要多蠢」的表情看著我。我終於明白了，「月彤，妳是說這位魏先生，是這次萬聖節跟我們合作的科技公司老闆？」

月彤點頭，「是啊！你們還沒自我介紹嗎？」頓時，辦公室裡一陣竊竊私語起來。

我整個傻眼，憶珊快步走來我旁邊，低聲問我，「副理，現在是怎樣？我怎麼完全看不懂？」

我真的是無奈至極，巧也不是巧成這樣，「意思就是被誤會成牛郎的這位先生，不只是我的新鄰居，還是我們的合作廠商。」懂了嗎？

從一開始就是個各自解讀的大烏龍，才會把場面搞成現在這個樣子，最無辜的人是誰，不就是魏以晨嗎？

他淡淡的看了我一眼，從口袋裡拿出名片，但不是給我，而是遞給臉色一陣白的鄭友新，「這是我的名片，我是魏以晨，雖然很謝謝你對我外表的稱讚，但我想你的確是欠我一個道歉。」

兩位老總好像也突然知道了狀況，尷尬別過頭去，看都不敢多看我和魏以晨一眼，鄭友新望了所有人一圈，發現大家都不站他那邊之後，他也沒有道歉，乾脆揉掉魏以晨給他的名片，直接走人。

換鄭友新的主管傻眼，他此時此刻一定非常後悔來這一趟。但人就是這樣，做了就做了，你沒有後悔的機會。但你至少可以拿出風度，好好的承認錯誤，我會非常尊敬你這個人。

認錯真的沒有那麼難，那是放過自己也放過別人最好的方式。可是總有人認為，認錯就是認輸？不！死不認錯才是最大的輸家，輸掉別人對你的尊重，那才是人生最大的損失。

但鄭友新的主管又能怎樣呢？只能尷尬的朝我們老總笑笑，然後離開，接下來換我們老總，也當沒事的回去自己辦公室，我轉頭看向那一整排看了半小時好戲的同事，「要再繼續看熱鬧嗎？那就晚下班半小時。」

瞬間，大家以各種運動員的速度和姿態回到自己的位置工作。然後我對魏以晨說：「我們先去會議室。」接著再對月彤和憶珊說：「妳們十分鐘後再進來，我有事先跟魏先生談。」

她們點頭，我領著魏以晨到會議室去，一關上門，我轉身就是很真誠的一句，「對不起，真的、真的很對不起。」

他看起來也不生氣，只是淡淡回應，「妳可以先告訴我，妳到底是怎麼誤會成這樣的嗎？」我在心裡嘆氣，反正事情都這樣了，還怕丟臉嗎？

我把所有的事跟他說明了一次，他理解的點點頭，反而說：「照妳這樣說，應該是我要跟妳道歉才對，是我那天不小心把喬治的名片放進去那個袋子，讓妳提回家，才讓妳男友誤……」

「前。」

「嗯？」

「前男友！」

「好，抱歉，前男友誤會妳是因為找牛郎而跟他分手。所以那天在妳們公司外面，他才會說那些話，然後不知道是誰拿到監視器畫面，在妳們公司的留言板裡面，流傳妳包養我的消息？」我點頭。

他笑了笑，「算了，這也沒什麼。」

「你不在意被說成這樣嗎？」

他搖搖頭，「在意這麼多，會在意不完，現在誤會解開就好了。」

「對不起。」我還是覺得很抱歉。

「真的沒事。」

我們對看一眼，他給了我一個微笑，我頓時覺得莫名安心，好像真的都沒事了一樣，我再一句真心的，「謝謝。」

「開會吧。」他說。

我點點頭去開門，月彤和憶珊就站在外面。以我對她們的了解，她們剛才應該都偷聽完了，那正好省去我再解釋一次的時間。她們乾笑兩聲進來，月彤幫忙魏以晨將 iPad 接到投影機上，做著開會前的準備。

我和憶珊則是認真的把資料翻過一次後，便開始進入主題。

魏以晨很迅速把當天的活動流程跟舞台設計仔細介紹過一次，當然我們也對一些動線提出幾項要求和建議，他仔細記錄下來。會議過程很順利，對我和憶珊提出來比較刁鑽的問題，他也很從容回答。

「你幾歲？」憶珊突然沒頭沒尾的就冒出這一句，我和月彤傻眼的看向憶珊，魏以晨也是從容不迫的回答，「三十。」

「這間公司真的是你自己開的？滿不錯的。」

「我和學弟一起開的。他人在美國，接美國的案子，我在台灣，接台灣的工作，底下還有幾個員工。」

我忍不住問：「你該不會是因為要跟學弟開會，所以才都是晚上去公司？」

他點頭，我又忍不住問：「所以阿紫奶奶其實也知道，你日夜顛倒是為了跟在國外的學弟開會？」他再點頭。

全世界就我誤會得最徹底。我只能再乾笑兩聲後轉移話題，「那今天也討論得差不多了，就照剛開會的部分去執行，如果有什麼問題，就再麻煩魏先生跟月彤聯絡。」

「沒問題。」他自信一笑，滿迷人的。

我站起身，他的手機剛好震動，我比了個請接的手勢，他頷首後接起，在我要拿了東西要走出去的時候，他喊住我，「芷言。」

憶珊和月彤錯愕的看向我，老娘也是嚇到好嗎？喬治叫我芷言就算了，他就是那個樣子，可魏以晨第一次叫我，不是叫我楊副理，也不是叫我芷言姊，而是叫我芷言，我們真的也沒有那麼熟。

「這裡是公司。」我說。

「抱歉，楊副理。」

結果換我尷尬了，沒事把場面搞的這麼僵幹嘛？我扯了個笑容問他，「怎麼了？」

「喬治怎麼跟我說，晚上要在妳家吃飯？」

然後憶珊跟月彤兩人真的下巴都要掉了，憶珊則是馬上回神，上前不開心的對我說：

「我也要去。」

「妳別鬧了。」我下班什麼都不想吃，只想躺在床上好好睡覺。今天鬧這場還不夠嗎？我真的筋疲力盡，讓我好好活下去好嗎？

「妳不能這麼偏心，就算你們是鄰居，也沒有認識得比我久，怎麼可以妳新家我都還沒有去過，鄰居就去吃飯了？不管，我也要去，就這麼決定了。」憶珊說完，對著魏以晨說：「晚上見。」之後，就把月彤拉走，會議室裡又剩下我和魏以晨。

他看著我，「要等妳下班嗎？」

我馬上回答，「不用！」

他點點頭後收拾東西，也對我說了一句，「那就晚上見。」

我送他離開，辦公室裡偷瞄的眼神還是沒有散去。人的劣根性有時候是連自己都很難理解，就是好奇別人的事，可是不好奇自己的未來，對別人的交友關係都很有想像，可是卻不想像自己的未來。

我懶得多理，回到辦公室，把該處理的事全先處理好，再看了一次公司網站的留言板，那篇說我找牛郎的貼文已經刪除，可是凡走過必留下痕跡，不是刪掉就沒事的。我跟憶珊說我要先去一個地方，我把磁卡給她，要她等下自己到我家就好，可她卻一直問我要去哪裡。

但我沒有想要告訴她，我要去為我的人生帥一回。

於是十分鐘後，我到了警察局，把我截圖下來的照片全都提交給警察，希望他們能找到把那張照片傳到公司留言板的人，我決定要提告。四十歲了，真的可以不用活的那麼善良，尤其是好心特別沒有好報的這個世代。

在我跟警察說明狀況時，我的手機不停震動，有憶珊打的，還有早上的來電號碼，是喬治。這兩人輪流轟炸我的手機，等到我走出警察局，剛好喬治又打來。我很努力克制罵人的衝動，深吸口氣說：「幹嘛？鑰匙都給我同事了，你們就先進去啊！」

「憶珊開門了，我們早進來了，是想叫妳買幾瓶可樂啦！就這樣，快點回來，肚子餓了，等妳吃飯。」喬治這種自然熟的功力，我真的佩服得五體投地。這麼快又跟憶珊熟了？她可是比我還可怕的瘋子，沒想到居然也已經直呼名字了，本來他叫我這長輩跑腿，我應該先呼他兩巴掌才對，但我現在除了佩服還是佩服。

於是我確定該留的資料都留好了之後，趕緊回家。停好車，走到附近的便利商店，拿了幾瓶可樂，想想覺得應該不夠，又拿籃子買了一圈後才去結帳。沒想到突然有人把桌上的可樂拿走，我錯愕的抬頭一看，是魏以晨。

「你怎麼在這裡？」

「幫妳拿東西。」既然他這麼說了，我乾脆把全部的東西全掛在他身上，包括我那個背到肩痛的包包。

「妳包包也太重了吧。」我看到他的肩膀一沉。

「不是隨便誰都能幫我背包包耶，我花那麼多錢買的包，我當然要自己背，你算是運氣好。」

他笑了笑，「歪理。」

我走出便利商店，被涼涼的晚風一吹，忍不住問魏以晨，「你想吃冰嗎？」他愣住，但我已經轉身再進去便利商店一次，買了兩枝冰棒，我們邊走邊吃回家，他走在我身後問。

「心情很好？」

「對啊。」

「沒被今天的事影響？」

我轉身退後走著，邊回答他，「說沒有是騙人的，但那影響已經過了，而且我本來還想找機會跟你道歉，今天也一次解決了，想想今天也不算過得太差啊！」

他給了我一個非常帥氣的笑容，我忍不住說：「而且你還對我笑了。我也算滿幸運的，畢竟你一向繃著個臉，不知道的人，還會以為你肉毒桿菌沒打好。」

他沒好氣的喊，「楊芷言！」

我得意的要逃跑時，卻撞上了前面的人，冰棒掉到了地上，我趕緊道歉，「對不起！」然後一道熟悉到不能再熟悉的聲音，在我頭頂響起，「沒關係。」

我頓時全身僵硬，不敢置信的抬頭。對方發現是我，也頓時傻眼。我們就這樣對看著，魏以晨走了過來問我，「沒事吧？」

我沒辦法回答他，因為我眼睛還是離不開我眼前的這個男人，我的初戀吳世學。接著我在吳世學的身後看到了另外一個人，那個說要一輩子當我朋友的女孩葉夢舒，現在也成了女人。她也看著我，先是愣了一下，接著就見她表情難看的走到我面前，直接給了我一巴掌。

而在魏以晨把我拉走之前，我把那巴掌還給了葉夢舒。

出來混，早晚都是要還的，我不知道我欠了她什麼，

但她欠我的，我並沒有忘。

# 7

## 關於憤怒，二十歲理所當然、三十歲適可而止、四十歲沒有權利。

跟我做過約定的那些女孩，葉夢舒是其中一個。

我和她是高一認識的，她就坐在我旁邊。她外表溫柔恬靜，但其實性子比我還要剛強。在她被學姊叫去「認識一下」那天，我正好去倒垃圾，看到學姊因為同班男友稱讚夢舒漂亮，而忌妒到拉著她要去撞牆時，我手上的回收桶不聽使喚的飛了過去。

我拉著她逃，這種偶像劇男女生相戀的情節，發生在我們身上。

但我們並沒有馬上變成好朋友，而是在另一次我被教官刁難時，她裝暈解救了我。我印象很深刻的是她說了一句，「我不喜歡欠人。」所以把上次我救她的那份情，還給了我。

可學校生活就是太閒，學姊不停找她麻煩，教官就是看我這頭天然棕色的自然捲髮不順眼，我們就這樣互相 cover 到一年級結束，兩人分開了座位，才真正變成朋友。又或者是，我們早已經是朋友，只是沒有特別感覺，直到她坐到第一排，我還在第六排的時候，發現去學校變得很無聊。

不能自然而然的借課本看，不能自然而然的一起吃飯時，才覺得彼此很重要。我們就這樣曖昧了一年後，正式升格為朋友，然後無時無刻膩在一起。我把從小一起長大的鄰居沈維芯介紹給她，三個人開始玩瘋，後來班上又有個轉進來的女學生邱水仙，聽說她有靈異體質，怕鬼的同學都離她很遠。可我和夢舒就是那種喜歡跟別人唱反調的人，於是我們又把水仙拉了進來。

四個人變成最好的朋友。

維芯說：「我看我們以後都別結婚了。」

水仙說：「不管去哪，不管以後會怎樣，我們都不要分開。」

夢舒說：「以後老了，就一起住養老院。」

我們打了勾勾，在我被阿姨丟下之後，我在維芯家住了一陣子，但是她後母不能接受我白吃白喝，夢舒和水仙家裡也都不方便讓我去住。最後，是導師以她的名義幫我租了間小套房，幫我付了第一個月的租金和押金，我想辦法去打工賺錢才有辦法過日子。

沒想到，她們三個也去打工，把賺來的錢都給我。對我來說，她們不再只是同學、朋友、死黨，而是家人。

可是所有的關係，都會有結束的一天。

水仙在高三的時候，愛上隔壁男校的男老師，不論我們怎麼勸她，她就好像鬼遮眼一樣，一心只想和男老師在一起，還堅持要跟男老師私奔，鬧到全校皆知。最後發現男老師根本早就有未婚妻，再三個月就要結婚。

後來，男老師離開學校了，水仙也被父母帶走，從此，我們就沒有對方的消息。四個人突然成了三個人，那個空起來的位置，再也補不滿了，無論我們能不能理解對方，所有想說的話，誰曉得再也沒有機會說了。

我們三人很順利的畢業，我和夢舒考上同一間大學，維芯則是去了南部念書。沒想到她父親生意失敗心臟病發後，後母丟下她和三個弟妹就走了，維芯選擇休學留在南部工作，照顧弟妹。

她的時間全都留給了工作，我和夢舒就算去高雄找她，有時候也只是短短見一面就又坐夜車回來。時間和空間拉遠了我們的距離，我也在這時候因為夢舒的關係認識了吳世學，他是夢舒同科系的大四學長。

我沒有想過，那麼忙著要把日子過下去的自己，居然還有力氣喜歡上他。

可能是他的體貼溫柔、鍥而不捨，在我最累的時候給了我力量。也可能是他才華洋溢、閃閃發亮，讓我眼裡只有他。更有可能是他問都沒有問過我，就把我規畫進了他的未來，告訴我，以後的我們會有多幸福。

所以我豁出去了，努力擠出時間和他相愛，我們愛的很克難，可是我卻覺得好幸福。他大學畢業後先去當兵，我等他，當兵回來後唸研究所，我已經在工作了，為了把握相愛的時間，我們住在一起。

當我可以也為了我們的未來努力賺錢時，我拚了命的工作，卻沒有想到他和夢舒一起背叛了我。我才知道，夢舒一直沒有交男朋友，並不是她說的遇不上喜歡的人，而是她一直有喜歡的人。

那就是吳世學。

原本夢舒只是想讓我認識她喜歡的人，卻沒有想到，吳世學喜歡上了我。她的愛吞了回去，一直堵在胸口，她努力的說服自己要祝福我，但見我一心只有工作，忽略了吳世學，她選擇默默守護他，期待他回頭看她一眼。

我和葉夢舒鬧到維芯放下工作北上，想為我們調停。可是太難了，我被最愛的兩個人同時背叛，我生不如死，我氣夢舒比氣吳世學還要多得更多。不，我更氣的是我自己，我不能理解夢舒為什麼不早點告訴我，我和吳世學交往的每一天都是在傷害她，我對說她吳世學的每一次好，也都在傷害她！

我就這麼傻傻的一直傷害我最要好的朋友，然後完全不自覺，再換他們來傷害我，為什麼要這樣傷害彼此？

十幾年前的那個晚上，我忙完耶誕節檔期半夜回到家，看到他們睡在一起。如果是別的女孩，我可能上前就抓她頭髮，大罵她憑什麼睡我的男人。

但那女孩是夢舒啊！

我連喊都不敢，我落荒而逃，我需要冷靜，我逃到了芬妮經理家裡，原本想當一切都沒有發生。但怎麼可能呢？我只要一靜下來，那個畫面就出現在我的腦海裡。我不接任何人的電話，直到夢舒來公司找我，她可以像沒事一樣繼續關心我，問我發生什麼事了？

我沒辦法，我還是質問了她，她才說出她愛吳世學的事。

然後她很直接的說：「妳和他，我會選他。」

於是我選在吳世學不在的時候，傳了訊息說要分手，搬出了我們的家。他沒有再找過我，連一句道歉也沒有，而夢舒則是在那次來公司找我攤牌後，也不跟我聯絡了。維芯成了我們的傳話筒，最後她被我們氣哭了。

「妳們怎麼那麼沒用？為了一個男人吵成這樣，丟不丟臉？好！反正少了一個水仙，再少我也沒差，妳們就是覺得男人比較重要，那沒關係，以後都不要再聯絡了啊。隨便妳們，我真的對妳們有夠失望。」一脾氣最好的維芯從此再也沒有跟我聯絡。

我手機裡，還有她最早的手機號碼，那時候叫大眾電信。

過去十幾年裡，我不是沒有想過打給她，可我總是忍不住想，維芯如果想跟我聯絡，就會打給了我吧？她一直沒有打，就是還在氣我對吧？於是最後仍是沒有勇氣撥出去，就這樣直到幾年前，我看到那間電信公司倒閉的新聞，想都沒辦法多想，馬上撥出電話，可那號碼已成了空號。只是我也不能確定，她是不是早就換了電話。

還在氣我吧。

友情總是比想像的脆弱太多，我們就這樣失去聯絡，那些約定比風還沒有價值。風吹了會涼，友情吹了就散。失去她們之後，我也不想再交任何朋友，或許是因為朋友兩個字，我給了她們三個人之後，再也給不了別人。

各自安好，是我給所有人，包括給我自己的祝福。

誰也沒有想到又會碰上，十幾年平靜的日子，一瞬間再也不平靜了。

我只記得我們互相賞完巴掌，吳世學拉走了葉夢舒，而魏以晨帶走了我。我腦子一片空白，我不知道十幾年後，我居然還這麼衝動，不是告訴自己過去了嗎？為什麼我的手，卻比我的心還要誠實？

我渾渾沌沌的回到家門口，才要開門，魏以晨把我拉走，然後開了他家的門，把我推了進去，「妳先在這裡，我去跟他們說妳還在忙。」

我那一瞬間被他這樣的體諒，感動到無以復加。

總是有人說，你都這年紀了，還有什麼過不去，你都幾歲了，還這麼愛計較？年紀越來越大，卻連生個氣、發個火都越來越不自由，你不只要懂事，還要成熟，你不只要看開，還要看透，你不只要原諒，還要放下。

所有人用更嚴格的標準看待你，沒有別的原因，就是你吃過的鹽比別人吃過的米還多，那些人都不在乎你有沒有水腫，只在乎你有沒有失控。

原來，老人比大人難當。

以前多討厭那些自以為是愛講大道理，好像全世界他活得最透徹一樣的人。現在想想，或許那根本都是演出來的，就為了符合大家認定那個年紀該有的樣子，他們心裡也苦，可是他們不能說。

我也是。

剛被葉夢舒打那一巴掌，我心痛到眼淚都要飆出來了，可是我只能忍住。因為我四十歲了，不像二十歲可以抓住夢舒的頭髮，跟她狠狠幹一架，大家或許會稱讚我年紀小志氣高。也不像三十歲，可以據理力爭，人家會說你很勇敢。

四十歲了，就該是個安安靜的年紀，在外頭吵成這樣還能看嗎？

「妳隨便，當自己家。」他對我說完這句話，就走了。

我坐在他的沙發上，心靜不下來，腦子像有幾百台水泥車同時運作。我有些無措，我需要酒或鎮定劑。我顧不了那麼多，在他客廳繞了一圈後，在櫃子上看到一瓶威士忌，像得到了救贖。

我自己一個人喝了起來，每喝一杯，那些過去就重新來找我一次，我以為我現在過得不錯，有穩定的工作和收入，有自己的家和生活。我明明就過的很好，為什麼還要再讓我去遇到那些過去？

一次又一次，四十歲的人生禮物嗎？

然後以為自己很久沒喝酒，酒量會退步一些，可是沒有想到都喝掉快半瓶了，腦子還是一樣清晰。想到自己打夢舒的那巴掌，她是不是也和我一樣，感到受傷？

可這些都不會有答案，更不會有結論，除非我問她。

突然，魏以晨家門被打開，喬治衝了進來，後頭跟著一臉不耐的魏以晨。喬治見我在這裡，生氣的說：「妳為什麼躲在這裡？我就說為什麼我哥一直催大家吃完快走人，還不准我過來這裡，還好我聰明偷跑過來，原來你們有一腿喔！」

「神經，不要亂講。」

「那妳在這裡幹嘛？」

「冷靜。」我說。

喬治根本沒在聽我說話，拿了酒杯過來，「自己喝很沒義氣耶，我陪妳。」

「我可以陪我自己。」

喬治一臉不以為然，「那叫自己安慰自己，孤單的人都這樣，死不承認自己孤單，妳這樣真的會孤單一輩子喔！」

「你好煩。」

「我是實在。」他拿我的酒杯碰我的酒杯，然後灌了一大杯，魏以晨見狀，突然爆氣大吼，「林喬治！」

我嚇了一跳，「不就是喝杯酒，你幹嘛這麼生氣？」

他無奈一嘆，只是搖搖頭不想多說。我忍不住問他，「阿紫奶奶跟憶珊呢？」

「剛走，妳也快回去吧！」魏以晨說完就一把拉起我。我還在錯愕他怎麼突然判若兩人時，喬治居然抱住我的小腿，哭著說：「你為什麼不愛我！」

「他酒量跟酒品都很差。」魏以晨看著我冷冷的說。我突然知道他為什麼會生氣了，因為不管我怎麼想要掙脫，他就是抱得死緊，「你不要走！你不要離開我啦！」

就連魏以晨也幫忙拉開，喬治還像隻無尾熊緊抱著我。雖然他長的漂亮斯文，但一百八十公分的竹竿掛在我身上，我除了東倒西歪也不知道該怎麼辦，而且魏以晨越是要拉走他，他就抱得更緊。我怕我再繼續掙扎會被他勒死，只好制止魏以晨，「算了，別拉他了，但，他不會再吐了吧？」

「我不能確定。」他倒是非常誠實。

我瞪向他，他笑了出來，「心情好多了？」

「沒好。」我也直接說。

他也沒有再多問，起身去廚房，過了一會出來，端了碗微波的義大利麵給我，「我想妳應該餓了。」

我是真的餓了，我試著往前移動，可是只要我一動，林喬治就哭，然後重複那一句，「你不要離開我好不好？」

所以我就跟個廢人一樣。魏以晨很順手的餵我，我吃了一口笑了出來，「好荒唐的畫面。」

他也笑笑，「人生荒唐的何止這個畫面？」

「很懂人生？」

「不懂，所以才覺得辛苦。」

「你很辛苦？」

他也只是笑笑，沒有回答，那一瞬間，我覺得他才是四十歲。我替他回答，「也是啦，有這樣的弟弟，的確該辛苦，他到底什麼時候才會清醒？」

「早上吧。」

「你意思是他要這樣一直掛在我身上到天亮？」

「有可能。」他一說完，我就用力推開林喬治，結果不到一秒他又黏回來，哽咽的說：「你不能不要我啊！」

我半開玩笑，「他是受過什麼創傷？這麼怕人家離開他？」

魏以晨只是淡淡的說，「喬治的媽生下他之後，有了產後憂鬱症，但沒有人知道，一年、兩年過去，大家以為她只是照顧小孩累了，才會有情緒。但後來發現，她居然會開著車把喬治丟在很遠的地方，才知道她真的病了。可是來不及了，當他爸努力保護他的時候，他媽媽丟下一切，自殺了。那時候他才五歲。」

我頓時不知道該說什麼了，心疼起這個大男孩，我懂被丟下的感覺。

然後我根本動也沒動，喬治又突然啜泣起來。我和魏以晨對看一眼，接著喬治就大哭的說：「妳愛我哥好不好？他很可憐耶。」

我傻眼，魏以晨眼神閃過一絲尷尬，上前要制止喬治，但喬治根本不理他，一直說，「我哥才是全世界最可憐的人。」

魏以晨表情變冷，乾脆不說了，直接回房間去。

搞得我也不知道該怎麼辦，只能拍拍哭泣的喬治，再看向房門緊閉的魏以晨。這世界上可憐的人，何止我們？

就這樣，喬治抱著我的一隻手睡著了，然後我也累到睡著了。

再醒來已經是早上六點多了，我的手自由了，因為喬治不知道怎麼睡的，整個人躺在客廳桌下。見他睡得熟，不知道怎麼的，我也安心了一些。本來打算直接離開的，卻走到廚房，看到冰箱全是微波食物，連顆蒜頭都沒有，幸好還有幾個雞蛋。

我煮了雞蛋粥給他們當早餐，再收拾被我搞亂的客廳，準備離開時，魏以晨剛好從房間走出來，臉色不太好，「你整夜沒睡？」我問。

「嗯，工作。」

「粥在桌上。」

他看了我一眼，「謝謝。」

我給他一個微笑，「我也謝謝。」我剛收拾桌子時，才發現我昨天開的那瓶威士忌可是限量的，一瓶少說好幾萬。可我真的不是因為喝了那麼貴的酒才幫他們做早餐的，只是覺得大家都需要一點溫暖。

我也不知道是哪根筋卡到，突然問他，「晚上要不要一起吃飯？」他一臉以為我在約他，我馬上解釋，「我是說跟喬治到我家吃飯，突然想吃火鍋。」

他點點頭，「那等妳下班，我們再一起去超市買材料好了。」

「好啊，但你快去睡一下吧。」

「好，吃完早餐就去睡。」

我朝他揮揮手道再見後，就回到我家洗澡準備出門上班，到了一樓大廳，阿紫奶奶一臉曖昧的朝我笑，我是有事想要問她，但我真不知道她這笑容到底是在笑什麼意思。

「妳再這樣笑，我要報警喔。」

阿紫奶奶嚇了一跳，「我怎麼了？」

「笑得太讓人不舒服了，很奸詐。」

「妳也很奸詐啊，昨晚不回家，睡哪裡？」

「妳偷看監視器？」

「拜託，我是誰？這種事我才不做。」

「那妳怎麼知道我昨晚沒回家？不要跟我說妳用猜的！」

「因為我是神啊。」

「神經病吧。」

阿紫奶奶彈了我額頭一下，氣炸的說：「欸，我可是在幫妳耶，我跟妳說，妳正緣出現了，要好好把握，老天可不會給妳太多次機會，他那麼摳。」

我沒好氣的摸著發疼的額頭，「妳又知道了，你們很熟喔？不要倚老賣老，不要對我長篇大論。」

「妳就是倔，我跟妳說妳會吃虧的，不要傻傻的跟自己作對，人生裡最大的敵人，不是別人就是妳自己！老天爺給妳的是選擇的機會……」阿紫奶奶突然正經起來，我有點不習慣。

我開口打斷，「好了，我趕時間上班，我只想問妳一件事。」

「什麼事？」

「最近大樓還有新搬來的住戶嗎？」這一區全是住宅區，吳世學和葉夢舒會出現在這裡，要不是找朋友，就是住這裡，我最害怕的當然是第二個選項。

「沒有啊，但後面那幾棟新蓋好的透天，這兩天好像開始有人搬進來了。我覺得買那邊房子的人，腦袋一定都有洞，格局差又貴，錢沒地方花也不是這樣的……是說，妳問這個幹嘛？」

「只是問問。」我要往停車場去的時候，又忍不住回頭問阿紫奶，「妳今天早班？」

她搖頭，「我想上什麼班就上什麼班。」

我覺得我有必要跟管委會的人討論一下用人的標準。怎麼可以用個上年紀的老太太來當門口管理員，就算大樓再安全，這還是太讓人匪夷所思，「晚上來我家吃火鍋。」我說。

阿紫奶奶笑得可開心了，不知道是因為火鍋，還是因為我約她。

到公司之後，憶珊拿了資料進來，跟我開了一下會。我很好奇她怎麼什麼都沒有問我，一直到開會結束，她都要離開了，我才忍不住問她，「妳都沒有話要問我？」

「問什麼？問妳怎麼整夜沒有回家？」

靠！

憶珊又繼續說：「妳是不是想再問我怎麼知道？」我下意識點頭，憶珊笑笑的說：「剛才喬治打給我，說妳昨天在他哥家。」

我真心瞬間彈起來，對憶珊說：「我可以解釋。」

「妳什麼時候開始願意解釋了？每次問妳，妳都嘛輕描淡寫帶過，不會妳昨天和魏以晨真的發生什麼了？所以才需要解釋？」她笑得可賊了。

「當然沒有，他小我十歲耶，妳是不是瘋了？」

「十歲又怎樣？他就是個男人啊。」

「不要越扯越遠了，反正就是昨天遇到了不想遇到的人，心情有點不好，魏以晨才讓我先在他家……」

「看不出來他那麼體貼耶，想說他不愛說話，個性又冷冷的。」

「看不出來的事可多了。」

「妳幹嘛突然這麼感慨？」

「就是很感慨，晚上來我家吃火鍋吧。」

憶珊一臉中樂透的表情，「難得妳主動約，我當然要去。」

我笑了笑，「那妳快滾去工作吧。」

憶珊過來摟摟我說：「妳新家風水一定很好，妳現在像個人了。」

「所以我以前是仙女？」

「長得是滿漂亮的，但離仙女還有很大一段距離。」

我沒好氣瞪她，憶珊接著說：「妳知道嗎？妳以前就好像是身上穿了個防護罩在過日子，靠妳近一點就會被彈開。其實，就算是友新哥也一樣，你們是在交往沒錯，可是看得出來妳的心跟他有距離。妳不覺得，妳只在自己圍起來的世界裡過的很好而已嗎？」

憶珊沒再繼續說，只是像對待小朋友一樣的拍拍我，接著離開。我想著她的話想到出神，直到手機鈴聲把我喚回。我接起來，是臨時看護打來的，「楊小姐，檢查報告出來了，醫生問妳什麼時候方便過來看一下？」

我看了一下手錶，「我下午應該會有一小時的空檔，我會過去，她好嗎？」

「不太好，這兩天一直睡。」

「好，我知道了。」

我處理掉手邊工作，確定今天事情都處理完了，準備外出時，碰上了也剛從辦公室出來的老總。他看到我有些尷尬，但我還是先喊了他一聲，「總經理，要出門嗎？」

「嗯。」

「我也要出去，要送你嗎？」

「不用不用，妳忙，我叫司機送我。」

「好。」我微笑頷首後離開，希望總經理把之前的事忘了。說到底，我和鄭友新的事，兩位老總都是被扯進來的，雖然我一度覺得很不爽，可過了就過了，不需要再被這樣的事影響。

到了醫院後，我先前往病房看阿姨。我有些心驚，才短短兩天，怎麼她的臉色竟瞬間變得這麼糟糕。那天她不還激動的在為自己辯白，說她想過好日子，但現在卻好像隨時要離開一樣，我有些不能接受。

醫生來，把阿姨的狀況告訴我。確定是胃癌，而且已經是末期，不建議再做任何化療，建議以安寧療護為主。醫生走後，護理師還補了一句，「楊小姐，可以想想看後面要怎麼處理了。」

「妳是說後事？」我訥訥出聲。

護理師沒有回答我，但眼神給了我答案。

我看著一直沒有醒來的阿姨，走到了醫院門口，打了電話給陳千儀。電話一直沒有人接，但我也不想放棄。在我不知道打了第十幾通後，她才接起來，聲音聽起來就是還沒睡飽的樣子。我劈頭就問她，「妳媽的後事，妳打算怎麼辦？」

電話那頭沉默了一會兒，才又緩緩開口回答我，「不關我的事。」

「那關誰的事？我不管妳和妳媽之間發生過什麼事，但這是妳的責任，就算妳心裡有幾萬個不願意，就算妳不管她什麼時候會死，妳就是妳媽的女兒，妳就是得要處理。」

「我不要！叫她老公處理啊，她今天會這樣都是她老公害的，跟我一點關係都沒有。」

「我再問妳一次，妳真的連一面都不見？」

「不見。」

「好，那我來處理，我不會再打任何一通電話給妳，我只希望十年後妳不會後悔。」我真的是非常心平靜氣，沒有半點恐嚇或威脅，我不會對別人的關係指手畫腳。

因為不是本人，都沒有資格批評誰對誰錯。

只有在這段關係裡面的才有資格說話，就像我和阿姨之間的糾結，誰都不能勸我放下，也不能勸我原諒，更沒有權利去罵我阿姨，只有我才能，因為那是我們的事。我只是提醒千儀，她的決定，或許幾年後會有後悔的可能，但只要她承受的起，我不會有第二句話。

我掛掉電話，就看到魏以晨站在我面前盯著我看，我愣了一下，「你怎麼在這裡？」

「拆線。」他說。

「還好嗎？」

「沒事，妳來看阿姨？」

「算是吧。」

「發生什麼事了？」

「沒事。」我說。

他看了我一眼，表情不相信，但也尊重我的沒有再問，下一秒，看護跑過來喊，「楊小姐，妳阿姨醒了。」

我點點頭，快步回病房，阿姨看到我卻是別過頭去，我不知道她是不想看我，還是不敢看我，我只聽見微弱的啜泣聲。我讓看護先離開一下，上前去坐在病床旁，看到她就像一盞快熄掉的蠟燭，就算我滿肚子再多當初對她的恨和不滿，現在也完全發洩不出來。

我現在只同情她。

「不想看到我？」我問。

她過了很久，才緩緩轉過頭來，滿臉是淚的說：「對不起。」

「不用再說這些了，妳不只對不起我，還對不起我爸媽，但又怎樣？事情都發生了，又過了這麼久……」

「還好妳平安長大了。」她虛弱的說。

我只覺得想笑，「罪惡感比較沒有那麼重嗎？」

「對。」她點點頭，眼神充滿愧疚的看著我。

我不知道她是知道自己活不久了，才正視到自己的錯誤，又或者是她曾經在過去的某一天，覺得對我有所虧欠。但這都不重要了，我已經從她的眼神裡感受到滿滿的歉意，我相信我爸媽應該也覺得這樣就夠了。

「妳休息吧。」我說。

阿姨咳了兩聲又繼續說：「謝謝，我以為我會死在路邊。」

「那妳謝天吧，不用謝我。」

阿姨流著眼淚說：「我在想老天爺給我的最大的懲罰，大概就是我女兒也不認我吧，不知道我死之前還能不能看我們千儀一眼。」

「她說她不來，妳不用有期待。」

「妳們有聯絡？」

「沒有，只是剛好碰到，我跟她說了妳的狀況，但她不來。」

阿姨點點頭，流著眼淚望著天花板，不再說任何一句話，可我沒辦法安慰她，這是她得去承受的，誰也幫不了。

「我先回去了。」我起身離開。在關上病房門的那一刻，我聽到阿姨的哭聲從被子裡傳了出來。我呆站在病房口，聽著病房裡傳出來撕心裂肺的哭聲，這一刻，我原諒了阿姨。

那個在夢裡蹲在路中間哭泣無助的女孩，消失了。

突然一張衛生紙映入眼簾，我抬頭一看，還是魏以晨。我看著他手上的衛生紙，不知道他要幹嘛，下一秒，他直接往我臉上擦，我才知道我居然也流淚了。

「我哭了？」

「看起來是。」

「可我不想哭啊。」

「但妳就是哭了啊。」

「我為什麼要哭？」

「我怎麼知道。」他一臉莫名奇妙。

「我很久沒哭了。」

「那可能就跟地震一樣，需要一些能量釋放，哭又不是壞事。」我笑了出來，他看我笑，也笑了笑。

於是，我們一起走到停車場的路上，我忍不住問他，「你剛怎麼沒走？」

「我也不知道。」

「什麼叫不知道？」

「就覺得妳可能需要有人幫忙吧。」

「我？怎麼可能。」

「妳都不知道，自己臉上偶爾會出現無助兩個字嗎？」

「哪有？」我不承認。

「那就沒有。」他又這樣說，我真的是忍不住生氣，「到底是有沒有？」

「有。」

「魏以晨！」我氣到吼他，他卻笑了出來，笑到露牙齒的那一種。「笑什麼笑啊，你真的是很白目耶，到底有沒有認真在跟我講話？要不要好好給我回答？」

「那妳再問一次？」

「問什麼？」

「看妳剛問我什麼啊？」

「我剛問你什麼？」我忘了，完完全全的忘了。

他笑出聲，笑容好看死了，然後又補了一句，「妳其實不太聰明。」

我氣到包包拿起來就要打下去，他卻抓住我的手，「但這樣不錯啊，一直裝聰明也是很累。」

「你覺得我裝聰明？」

「不是妳，是大家，是全部的人，也包括我，都在自作聰明。」

「你有點憤世嫉俗啊。」

「我的確不怎麼喜歡這個世界，但最近覺得還可以。」

「為什麼？」

他只是笑笑看我，沒有回答我的問題，而是反問我，「妳還要進公司嗎？」

我看了下手錶已經接近下班時間，搖搖頭，「不了，我回家，不對！還要去買火鍋料。」

「那一起去吧，我坐妳的車。」他沒放掉我的手，而是拉著我往停車場去。

於是二十分鐘後，我們一起在逛超級市場，我正好去買些生活用品，他則是去拿了一些藥用貼布和繃帶。

我好奇問：「你們做程式設計的這麼容易腰酸背痛嗎？」

他笑笑沒回答我，往前走去食材區，我也沒有繼續問。然後我挑了些食材，他見我拿了不少火鍋料，也好奇問我，「妳這麼喜歡吃加工食品？」

「喬治愛吃啊，不是嗎？」

「妳怎麼知道？」

「上次我煮麵給他吃，他邊吃邊嫌我為什麼沒放火鍋料，應該是愛吃吧？」

「那我喜歡吃什麼？」他反問我。

「你什麼都吃吧。」

「我不喜歡茄子，妳要記住。」

我看著他，很認真的對他說：「你知道人生裡有兩件大事嗎？」

「什麼？」

「關你什麼事，跟關我屁事。」

他一愣，沒好氣的瞪了我一眼。我此時此刻感到無比暢快，剛在醫院被他酸了一回的氣全消了。

好久不見的通體舒暢，好久不見的快樂。

本來覺得人生就是順順過，不難過就好了，
可沒想到快樂竟來得這麼簡單。

# 8 關於困境，二十歲受困、三十歲受困、四十歲還是受困。

有些困境就是注定要困著你的，和年紀無關，而是本能反應。以前小時候就覺得，不管發生什麼事，長大就會好了。可是當你長大，才發現這些事並沒有變好，你只是學會了一招生活技能，叫裝聾作啞、裝沒事、裝無所謂。

而事實上，這些事情有沒有被解決，你的心情有沒有被解決，都無所謂，你還是能吃能睡能走能跑能過生活。去年三十九歲，憶珊問我，要進入四字頭的感覺如何？會不會像二十九歲要變成三十歲那樣的恐慌？

不會恐慌，因為恐慌也沒有用，四十歲就是一定會來。

年紀和時間是所有人的困境。

有時候都搞不清楚，到底是我們追著它跑，還是它追著我們跑，又或者是最後放棄了不追不跑。就像我，人生目標只有四個字：平順過日。沒想到四十歲了，這件事一樣很難。

所以長大有討到便宜嗎？沒有。

變老有討到好處嗎？沒有。

過了三字頭來到四字頭，人生一樣艱難。如果有機會回到當初那個被丟下的自己面前，我會跟她說：「妳不要哭，也不要害怕，因為二十幾年後的妳，一樣對人生毫無把握。所以現在的妳只要笑就好，因為笑也能把日子過下去。」

「想什麼？」一道聲音在我身旁響起，我才猛然回神自己正在開車，忙坐正坐好，專心開車。

「妳剛闖了一個紅燈。」魏以晨淡淡的說。

「Shit！」我罵了髒話。

「要不要換我開？」

「不用，沒事，只是出神了一下，對不起。」我朝著車窗外致意，「還有對不起所有路人。」

「想到不開心的事？」他看著我問。通常我是不會多說廢話的，我總是認為自己情緒自己解決，即便別人跟你說了多少道理，聽不進去就是聽不進去。到最後還是只能靠自己，那就別讓自己的壞情緒影響別人。

當然啦，重點是我沒有什麼朋友可以聽我說垃圾話。

憶珊是特例，但她也有自己的人生關卡和煩惱，而我們一向也是習慣自己處理。然後久了，從不愛說，到不知道怎麼開口，只能在心裡跟自己說。

所以就算魏以晨眼神透露著關心，而我有一度被軟化，我還是不知道，怎麼跟他說四十歲女人的煩惱就是這麼沒意義。

「沒事。」我只最後還是只能吐了這兩個字出來。

然後他說：「不知道怎麼說是嗎？」

我傻眼的看向他，「你真的不是男公關嗎？我覺得你挺懂女人心的啊。」

他沒好氣的把我的臉推回去，「開車。」

我笑了出來，突然覺得好像可以說出來了，「我只是在感嘆，我都四十歲了，還是很弱。」

他愣了一下，「弱不弱不是妳自己講的。」

「不然呢？別人說我弱，我會生氣。」

他笑了笑說：「年紀沒有意義。」

「我二十幾歲的時候也說過一樣的話，你會說年紀沒有意義，那就表示你還很年輕，所以根本不在乎年紀。」

「怎麼不說是妳太在乎年紀？有人一天當兩天過，有人一個月當一星期拖，活著的意義難道就是他活了幾年、現在幾歲嗎？誰說四十歲就一定會很強的，我也不能保證我四十歲就會活得比妳好，過得比妳勇敢，所以妳會不會自怨自艾得太早？」

我有點傻眼，「你現在是在教訓我嗎？」居然被一個小我十歲的男孩？男人？訓話。

「不可以嗎？比妳少活十年，就沒有說話的資格了？」

「當然不是。」

「那就是看誰有道理了，不是嗎？」

「是。」

「那我剛有沒有說錯？」

「沒有。」

「那妳可以好好開車了。」

「好。」

我繼續開車，但越想越不對，我這局是又輸了嗎？

我轉頭看他，他正在憋笑，我真的是氣到罵他，「再笑，就給我下車用走的。」

「那我就笑了，反正快到了。」然後我竟意外的聽到他如此爽朗的笑聲。我差一點沒嚇死，要不是後面有車，我真的就是緊急剎車，把他踢下車。

「吵死了。」

他笑了笑，突然說了一句，「謝謝。」

「謝屁。」

他沒有回我，只是微笑的看著我，幫我提了大包小包一起上樓。他回他家，我回我家，本來想說去瞇一下，再起床洗菜、準備材料，但沒想到我衣服才剛換好，門鈴就響了。

我無奈去開門，外頭站著阿紫奶奶。她一身紫色晚禮服，頭髮還去弄了造型，實在有夠隆重。我傻眼，問她，「只是吃火鍋，不是要去相親，也不是參加什麼三金典禮啊，阿紫奶奶。」

她推開我，走了進來，「我是去工作。」

「妳穿這樣在樓下收包裹？」

她瞪了我一眼，自動自發的拿飲料喝，邊說：「我是去當媒人。」

「妳業務真廣。」

「一堆人不結婚，我缺業績啊。」

我看她這樣也是滿難過，上了年紀要當大樓管理員，又要當媒人賺紅包錢，她的兒子女兒真捨得讓自己媽媽這麼辛苦？我忍不住問了，「阿紫奶奶，妳生活上有困難嗎？有需要可以跟我說，雖然我不是說多有錢，但幾萬塊是沒有什麼問題的。」

「我哪缺錢了？我不缺啊！」

「那妳把自己搞這麼累幹嘛？」

「妳以為我想喔，還不都你們害的。」

我傻眼至極，但真的也懶得再問。有時候和阿紫奶奶的頻率怎麼就是對不上，她就是個怪咖，雖然各種怪，但也各種莫名讓人安心。不然像憶珊說的，我是個活自己圈圈裡的人，怎麼會讓他打破規則？

如果心裡不願意，我就是鐵壁銅牆。

那魏以晨呢？我又是怎麼讓他進到我的生活圈的？

我迅速的下了個結論，就是鄰居，然後沒有再多想的去處理食材。門鈴又響了，阿紫奶奶去開門，我的鄰居走了進來，「我來幫忙。」

「喔。」我的回應不知道為什麼有些不自然。

他走來我旁邊整理蔬菜，動作看起來非常熟悉，比我厲害。我忍不住問他，「你看起來就會做菜啊，為什麼冰箱全是微波食品？」

「方便。」

「少吃。」

「知道了。」他邊洗菜邊回應我。我轉身要去冰箱拿東西，被坐後面餐桌趴在桌上一臉笑得曖昧的阿紫奶奶嚇到，為什麼笑得這麼下流？

「妳坐在那邊想嚇誰啊？」

「我本來就一直坐在這裡啊。」她一臉無辜。

我懶得理她，去把冰箱裡的肉拿出來解凍。她又露出那樣的笑容，笑到我心裡發毛，「妳在笑什麼啦！」

「沒事啊，我心情好不能笑喔？」

我深吸口氣，我很怕我拿肉丟她。我繼續回到流理台忙，跟魏以晨一起把食材擺好，接著就聽到手機拍照的聲音。我和魏以晨同時回頭看向阿紫奶奶，她在那裡給我裝沒事，我們對看一眼，沒理她。

沒想到一轉身忙，又聽到拍照的聲音。

我馬上回頭，「妳在幹嘛？」

這次阿紫奶奶有準備了，手比著「耶」對我說：「不能自拍喔？」

她都這麼說了，還能生什麼氣？我笑笑說：「手機我看看，我看妳怎麼自拍？」我走過去要拿手機，幸好門鈴聲響，再次解救她。她快步去開門，喬治和憶珊走了進來，兩人有說有笑的，不知道的人會以為他們是認識多年的好友。

殊不知，昨天才認識。

他們帶了酒進來，喬治開心的說：「我剛跟憶珊去買了瓶紅酒，聽說這瓶很好喝，我們等下一起喝！」

我和魏以晨同步，「不准！」

其他人都被我們兩個人嚇了一跳，阿紫奶奶率先笑出來說：「挺有默契的啊。」

魏以晨上前去拿過紅酒，表情嚴肅，「今天就好好吃飯，別喝了，真要喝，你自己回家喝。也不想想你自己喝完酒是什麼樣子。」

喬治一臉委屈，「知道了啦。」

雖然知道他是哥哥，但這是我第一次感受到他的威嚴。我笑笑出聲，「可以準備吃火鍋囉。」一氣氛總算再次活過來。

我的家頓時吵吵鬧鬧起來，喬治有說不完的話，很像怕沒有人要聽一樣，一股腦拚命的說。因為知道了他曾是不被關心的孩子，所以他一直說話一直笑的樣子，總是讓我覺得有些心疼。

所以我也拚了命的陪他說，大家也陪他笑。

我總是忍不住想起，念書時，我和葉夢舒、維芯、水仙也是這樣笑笑鬧鬧。可後來水仙離開後，我們就不這麼笑了。最後大家都離開我了，我就忘了自己也曾經這樣笑過。

有些東西不是不會，也不是不要，就是突然忘了。

魏以晨往我碗裡挾菜，叫我回神，「吃菜。」

我笑笑點頭，繼續回到這歡樂的氣氛裡。突然憶珊問著魏以晨，「欸，你有沒有女朋友啊？」

喬治脫口說：「沒有女生敢跟我哥在一起啦。」被魏以晨一瞪。

憶珊好奇的繼續問：「為什麼？」

「妳看我哥那麼帥，有哪幾個女生敢跟他走在一起？」喬治說完低頭猛喝湯，我聽得出來這不是真正的原因。

憶珊也不以為然，「你哥是好看，但我也不是沒有看過帥哥，他的程度，還不至於是沒人敢跟他走在一起的程度吧？我看根本是他自己太挑吧！」

「這也是一個原因，我哥眼光很高的。」

「有本錢的人才能夠眼高光啊，你哥可以。」阿紫奶奶附和，接著對魏以晨說：「你的個性絕不能找個小妹妹，最好大你很多歲的，兩個人才有商有量，多好啊。」

憶珊也跟著說：「我也這麼覺得，而且要非常獨立、有魅力又聰明。」

「芷言不錯啊。」喬治說到我這裡來，我差點沒被鴨血噎死。

我沒好氣的說：「你們這幾張嘴是想害死我嗎？聊你們的，別扯到我這裡來。而且不要關心別人感情的事好不好，就跟問別人今天穿什麼顏色的內褲一樣隱私。」

「我穿格子的。我一點都不覺得內褲是什麼隱私，它就是衣服，也是一種時尚，你們俗人不要把道德跟時尚綁在一起好嗎？」

我就這樣又被喬治訓了一頓，不過我很欣賞。但有件事還是要提一下，「你那個工作室的名片能不能稍微改一下，很容易讓人誤會。」

「那是你們自己的問題，心髒看東西就髒。」

好的，又被訓了第二頓，我閉嘴好了，我吃東西不說話了，魏以晨又笑笑的繼續往我碗裡挾菜。

我們就這樣邊吃邊聊，吃到了晚上快十一點，阿紫奶奶說想回去睡覺，憶珊也要離開，便順送阿紫奶奶回家。飯局結束，我們三個開始整理起桌面，突然聽到隔壁的門鈴聲響。

我問魏以晨，「是不是有人找你？」

魏以晨和喬治對看一眼，喬治馬上說：「沒有，妳聽錯了。」

當我白痴啊？這麼大聲，最好會聽錯。我只是淡淡的看著他，再看了眼魏以晨。他有些猶豫的表情，我不知道發生什麼事了，但來找的這個人，很明顯的讓喬治跟他覺得困擾。

接著魏以晨的手機震動起來，我不小心瞄到手機螢幕，是那位美珠。喬治走過去直接把電話按掉，但美珠還是繼續打，隔壁的門鈴聲音照樣響著，而且非常急促。

魏以晨把手機拿了回來，跟喬治說：「你幫芷言整理完就回家，我先回去。」

「你不要理她啦！」喬治拉著魏以晨不讓他離開。可魏以晨還是抽回了自己的手，離開我家。

喬治看起來十分擔心，我也不敢多問。我默默的收拾，喬治呆站在旁邊，然後我們聽到了摔東西的聲音。我和喬治同時一驚，兩人幾乎是同時間往外奔去。我也不知道我為什麼要這麼緊張，但那晚在魏以晨家傳出的爭執過後，魏以晨的手受傷了，他也發燒了，我覺得今天一樣不妙。

喬治拿了磁卡開門，我和他衝進客廳的同時，我嚇到說不出話來，魏以晨倒在地上，肩膀滲出了血，一旁是碎掉、斷裂的落地燈。我迅速去浴室找出乾淨的毛巾，用著當初公司一定要我們去學的止血法，趕緊先幫魏以晨處理傷口。當我抬頭要喊喬治幫忙的時候，我才發現客廳角落站著個女人。

她就是美珠吧！既然魏以晨不接客，那美珠到底是他的誰？我不知道，我只知道她在傷害魏以晨，而且不是第一次了。

她正錯愕甚至眼神帶著妒意的看著我，但老娘哪管這麼多，「喬治，快，先帶你哥去醫院。」

喬治也趕緊回神，過來和我一起要扶起痛到說不出話的魏以晨時，美珠衝了過來，朝我吼，「妳是誰？為什麼在這裡？」

喬治急忙攔住她，懇切的說：「拜託妳不要鬧了好不好，哥很痛，妳沒有看到嗎？」

那女人還是氣呼呼的樣子，想推開喬治來阻止我。眼見喬治是幫不了我了，但魏以晨的傷口又很大，我一個人實在很難扶起他。我最後只能走到廚房，從冰箱拿出兩瓶可樂，搖搖之後打開，直接噴向美珠，氣炸大罵，「鬧夠了沒有？妳再吵下去，我就報警。」

頓時美珠傻眼，喬治也是，但我沒有，我沒好氣的朝喬治說：「不要發呆，快點過來啊！」

喬治這才趕緊過來，和我一起扶起魏以晨，迅速的往電梯移動。在魏以晨家的門關上的同時，我聽到美珠在裡頭大哭。

我回頭朝門口大吼，「哭屁啊！」

我開著車，邊吩附後座的喬治怎麼照顧魏以晨，從後照鏡看到魏以晨痛苦的模樣，我覺得很傷心。

那種傷心，我不知道該怎麼形容。

很快到了醫院，魏以晨被送進了急診室，我和喬治這才鬆了一口氣，兩個人幾乎是同時的癱坐在長椅上。我忍不住問喬治，「她是誰？」

喬治看著我，愣了一會後才說：「妳問我哥吧，這種事還是我哥自己開口比較好。」

我沒再問，只是和喬治坐在長椅上，等待魏以晨處理好傷口。我無法理解，一個人怎麼能這樣傷害另一個人，我更不能理解魏以晨為什麼不反抗？

最後護理師出來了，看到我就說：「又是妳。」

我乾笑兩聲，對，又是我，上次送他來擦藥的也是我。護理師一樣說明了下魏以晨的狀況，這次縫了十一針，照了X光是沒有傷到骨頭，也幫他打了止痛針，晚上會好睡一點。

然後她補了一句，「我看病歷早上才來拆線不是嗎？怎麼又受傷了？」

「就不小心跌倒撞到落地燈。」喬治很自然的說了個謊，可見很常說。

「要小心啦，讓他再休息一下，沒問題去批價領藥，就可以走了。」護理師笑笑的對我們說完後離開，

我和喬治去病床看魏以晨，他沒睡，只是臉色有點差。喬治突然說：「我先去批價好了。」就離開了，留下我跟他。我們對看，誰也都沒有先開口，即便我滿肚子疑惑，看他這樣，我就是問不出口。

但也得說點什麼，不然就是尷尬。

「還痛嗎？」我問了廢話，怎麼可能不痛。

他搖搖頭沒說話，然後喬治就回來了，差不多十五分鐘的時間，我和魏以晨就對話了這一句。他堅持要回家，於是我和喬治也不強迫他留，一上車，他就睡著了。我從後照鏡和喬治對看一眼。

喬治用唇語說：「繼續開。」他看起來是想讓魏以晨多睡一會，可是我要開去哪？我也

不知道，但沒有誇張，我就這樣開上了高速公路，繼續開就開到苗栗，再開下去可能台中了。於是我下了交流道，重新往北上的方向行駛。

等到我們到家的時候，已經是凌晨四點。

這是逼我要去做醫美，拉拉皮打打雷射嗎？

喬治也撐不住了，搖搖魏以晨。他緩緩醒來，接著下車，感覺有些腳步不穩。喬治上前去扶，我們一起先回到他家，喬治扶他進去休息後，出來也有些撐不住的說：「不行了，我要回去睡覺了，明天一早還有工作，芷言，妳也快回去，反正我哥睡了。」

喬治說完走人，但我看著滿室瘡痍，實在是走不開，默默的收拾起來。最後就是兩包大垃圾袋，就像那天他清完的數量差不多，等到都弄好了，天居然亮了。

多久沒有熬夜了？三十五歲後，超過十二點睡，隔天就是很像走在黃泉路上。我這樣一夜沒睡，不知道要幾天補回來。

我離開前，去魏以晨房裡看他一眼。他不知道是做惡夢，還是打的止痛針效退了，感覺有些痛苦，冒著冷汗。我去拿了毛巾幫他擦汗，他突然睜開眼睛。我嚇了一跳，手上毛巾差點往他嘴裡塞。

「妳怎麼還在？」他坐起身來問。

「我也不知道我為什麼還在。」這是實話，我根本不知道我為什麼要做這些事，但就是覺得我該做。

他虛弱一笑。

「你繼續睡吧，我也要回去了。」

他朝我搖搖頭。我感覺有些錯愕，不明白他搖頭是他不想睡了，還是不要我回去。

「陪我。」他直接解決了我的困惑。

然後我轉身離開，去幫他倒了杯水，跟拿了藥。再重新回到他房間時，他原本有些失落的表情，突然有些嚇到，可能以為我直接走人了吧。但他不知道，他說那兩個字，基本上只要是人都很難拒絕。

「先吃藥吧。」我說。

我讓他把藥吃了，拉了椅子坐到他床邊，「你累了可以繼續睡。」

他轉頭看著我，過了好一下子才說：「她是生我的人。」

我其實本來快睡著了，但他突然這麼一說，我整個人都醒了，錯愕的看著他。

「我以為妳想知道。」

「我是想知道，但你能不能預告一下？」我也不想一直做出震驚的表情，畢竟我四十歲了，還是要有些成熟的包袱。

但他沒有理我，把他的過去跟我說了一遍。

他媽在十八歲的時候未婚生子生下了他。因為媽媽漂亮，很容易被富商看上，但當然不是要娶回家，只是買了間房子把她藏起來。他跟著媽媽生活，卻只能喊她阿姨，他日子不是不能過，吃好穿好，就是沒有媽。

但也由於是外頭的女人，大老婆一知道美珠的存在，就是上門叫囂。有些吵完一次就不會再來，但有些會不停的吵，直到他媽帶著他投靠另一名富商，來來去去不知道換過幾個人。喬治的爸就是某一名富商，也因為喬治的媽早逝，讓美珠認為自己有機會成為正室，便帶著魏以晨直接住了進去。

意外的小喬治和小魏以晨竟真的變得比兄弟更親。

或許是孤獨的人，頻率特別接近。

於是，這麼多人進去過魏以晨的人生，就只有喬治知道，魏以晨口中喊的阿姨，是他的親生媽媽。而最諷刺的是，美珠為了擁有喬治爸爸的心，竟開口讓喬治喊她媽媽。

就是因為那一次，讓魏以晨徹底對母親死了心，他不再對喊媽媽這件事滿懷期待，那一刻不管他幾歲，他都瞬間變成了大人。

幸運的是，最後因為喬治的奶奶阻止，美珠離開了喬治爸，他們還小，但仍想辦法保持聯絡，成為彼此真正的親人。

後來他長大了，不想過這種生活，再加上當時美珠交往的富商想離婚把美珠娶進門，美珠也認為自己終於遇到真愛，便拿了一筆錢讓魏以晨離開，讓他去過自己的生活，瀟灑的丟掉自己兒子。魏以晨二話不說拿了錢去美國念書。

沒想到，富商最後還是回到大老婆懷裡。

美珠只能繼續換男友。最後發現那些男人都不可靠，還是唯一的兒子會永遠留在她身邊，所以回頭去找兒子，希望他能再喊她一聲媽，和她一起生活，用著各式各樣她自以為是愛的方式騷擾魏以晨。

然後責怪兒子不愛她。

我聽到這裡，跟魏以晨說：「你等我一下。」

接著我走出他的房間，把門關上，拿起客廳的抱枕氣到發瘋的邊槌邊發洩，再拿起抱枕猛砸沙發。怎麼可以有這麼自私的媽媽？我真的氣到想大叫。

好，我試著站在美珠的立場去想，她可能因為未婚生子受到了打擊，所以價值觀偏差。我可以理解她也是不容易，但怎麼能叫兒子喊自己阿姨？好，可能是她需要生存，但一定要靠富商嗎？自己賺會死？最後還拿錢打發兒子？

我的天。

這不是有錢媽媽在對付討厭的兒子女友時在做的事嗎？

妳自己不愛兒子，現在好意思反過頭來要求兒子愛妳？自以為自己付出很多，還敢問兒子為什麼不愛妳？妳是有什麼問題嗎？甚至一而再、再而三的傷害自己的兒子？

哈囉？我不懂，我真的不懂！

我不知道我會不會氣到把沙發砸爛，但沒關係，我願意賠，我不能接受魏以晨受到這樣的對待，他真的很無辜。每個人都是沒有選擇的來到這個世界，但沒有理由讓最親的人這樣糟踏他！

我砸到忘我，突然有人從後面抱住我。

「好了，這樣換妳會受傷。」魏以晨在我耳旁說。

我頓時嚇了一跳，下意識的推開他，結果好死不死碰到他的傷口。我又馬上彈起身去看他，「有沒有怎樣？是不是很痛？對不起，我剛只是有點嚇到，要不要再去看一下醫生？」

他拉住我慌亂的手，「不用，痛一下而已，沒事。」

「傷口沒裂開？」

「沒有。」

我這才鬆了口氣，看到他的手還緊握著我的手，我頓時心跳加快，瞬間把手抽了回來。二十歲這樣，可以說是心動，但四十歲了，一個男人牽了我的手一下就這樣激動，我覺得這是心悸。

可能要找時間去照一下心電圖。

「發洩完了？」他問。

「還沒，我太生氣了。」

他笑了笑，坐到沙發上去。

我沒好氣的坐到他旁邊，很嚴肅的跟他說：「你不覺得你的態度也很有問題嗎？你媽這樣對你就算了，你為什麼要這麼忍耐？你是阿信嗎？啊！你這年紀怎麼會知道阿信是誰……你是、你是有什麼問題嗎？」我這樣氣到結結巴巴的說完一句話。

「我只是覺得她很可憐。」

「你還心疼你媽？」

他搖搖頭，「我並不是用兒子的心情去面對這件事的，要說她是我媽，我覺得用恩人兩個字來詮釋，會更適合一點。」

「什麼意思？」

「她為了養我，付出了很多。」

「但也傷害你很多。」

「那我問妳，妳為什麼還要幫妳阿姨付醫藥費？她不是把妳爸媽留給妳的錢全捲走，又把妳丟下來？」

「你都聽到了？」我傻眼。

他點點頭，「妳回答我的問題。」

「可憐她吧。」

「那我就是跟妳一樣。」

「不一樣，至少我沒被阿姨打，可你每次都受傷。」

他緩緩的說：「我可以當她情緒的出口，但我這輩子再也當不了她的兒子。」

天啊，他是打算這樣交換的？

我看著他，不知道該說什麼，只是覺得很難過，他為什麼要受到這樣的對待？

他對我說：「同情我的話，可以抱我一下。」

「呼你一巴掌可以嗎？你實在是太不愛惜你自己了。」

「沒被愛過的人，哪知道怎麼愛自己？」

我聽到這句話，眼淚都要噴出來了。我清清喉嚨，很嚴肅的說：「魏以晨，你不知道怎麼愛自己，我教你。第一件事，就是不要讓自己受傷，聽見沒有？下次美珠來鬧，你再受傷，看我怎麼收拾你。」

他笑了出來，我看了刺眼，怎麼還能笑得出來啊？

「回去睡覺，我要去上班了。」我下命令。

「不行，我得進公司，有些工作要吩咐下去，而且你們公司上次提出來要修改的部分，我也還要追蹤……」

我氣炸，「隨便你，痛死好了，垃圾自己拿去丟！」

我說完，轉身離開。

回到家我才發現，媽的，昨天吃剩的晚餐都還沒有整理，然後我花了一個晚上的時間，在照顧別的男人，整理他家，我多久沒幹這種蠢事了？

我深吸口氣，先停下責怪自己，迅速的整理好家，洗個澡就去公司打卡，開電腦回mail。接著憶珊進來，我和她開了兩個小會，再喊來月彤跟其他行銷部同事開了一個大會。等到能再坐到自己位置的時候，已經是下午一點半。

月彤幫我跟憶珊買了兩個便當跟珍奶，我狼吞虎嚥。

憶珊傻眼的看著我，「副理，妳是餓多久？」

「我早餐沒吃，而且我現在非常需要體力。」

「為什麼？」

「我一夜沒睡！」

我一說完就後悔了。因為憶珊坐到我旁邊來，開始拷問我為什麼沒睡，發生了什麼事。結果我沒睡的關係，一個專注力不夠，就這麼被她套出話來。我當然可以相信憶珊的為人，但我還是很氣自己把這件事說了出來。

憶珊飯也不吃了，對我說：「我本來覺得喬治夠讓人心疼了，沒想到魏以晨也這樣？現在的人真的是……不想養就不要生好不好？」

「算了啦，反正也不關我們的事，只能讓他自己去處理。」

憶珊突然一笑，「不關妳的事，妳幹嘛對他那麼好？我生病妳頂多幫我送藥，哪會陪我去醫院？」

我瞪了她一眼，「妳跟我道歉喔，是誰一聽到要去醫院就先哭再說的？誰敢帶妳去啊？」

「好，我道歉。」她笑笑討饒，然後問我，「那現在怎麼辦？」

「什麼怎麼辦？」

「魏以晨啊，難道讓他媽繼續這樣下去嗎？他可以搬走吧！找個沒有人認識的地方過日子，出國也可以啊。」

我可以理解魏以晨為什麼不走，他說過了，他就是可憐她，所以願意接受她對他所做的一切。看起來很愚蠢，但其實他是在選擇面對。逃避當然很容易，不去管當然也沒有關係。

可是這真的是解決事情的方式嗎？

或許在我還沒有碰到阿姨前，我可能會罵魏以晨沒用，但現在我沒辦法罵他。我們不過是在選擇一個讓自己比較好過的方式去過，我也可以不管阿姨死活，不會有人說我什麼，因為我才是受害者。

可我過不去我自己這一關，無論她當初選擇照顧我，是為了錢還是真的為了我都無所謂了，至少我活下來了，而且現在過的還可以。過去是累積的，如果我現在有那麼一點點成就，她的確功不可沒，葉夢舒和吳世學也是。

以前聽人家上台發表感言，感謝那些困境和磨難，我都會白眼翻到天邊，心想最好會感謝。但現在除了感謝，真的沒有別的好說。

我對憶珊說：「讓魏以晨自己決定怎麼處理，我們都不是他。」

憶珊點點頭，收拾自己的便當說：「好啦，有需要幫忙再說一聲，我不吃了，沒胃口，先去忙。」

「好。」我還是非常有胃口，我打算要把這個便當吃完。結果才剛拿起筷子，櫃檯 Joy 帶著警察進來，有些緊張的問我，「副理，警察先生說妳有報案，有事要問妳。」

還在我辦公室的憶珊也嚇了一跳，「妳報什麼案？」

我讓 Joy 先出去後，詢問警察狀況。警察告訴我，他們已經循線查到 po 那篇文章的人是誰了。憶珊這才明白我報了什麼案。

我開口問警察，「是誰？」我覺得最有可能的，是業務部那兩個在廁所說我壞話，結果被月彤和憶珊罵的女同事。

「一位叫鄭友新的人，請問妳認識嗎？」

我整個人傻住，憶珊也一臉不敢置信，然後只看到警察的嘴巴一直在動。憶珊代替我問了一些事，可我也沒辦法聽進去，我覺得太不可思議了，我認識的他真的不是這樣的人啊！

警察走後，憶珊坐到我旁邊來說：「我真沒有想到妳前男友可以誇張成這樣，他怎麼不去演戲？還敢來公司替妳說話，我真的要吐了……」

我沒辦法回答憶珊，拿了我的車鑰匙就直接往外衝。很快的，我來到鄭友新公司的樓下，但我突然沒辦法下車。就算我把話都說在前頭，不結婚、只要陪伴彼此，那我就都沒有錯了嗎？

原本是要來討公道的我，現在卻只想真正結束我們的關係。好的分手，是不該在對方心裡留下恨。

我打了電話給鄭友新。

十分鐘後，他下來了，坐上我的車，直接說一句，「要告妳就告吧。」

我看著他的後腦杓，對！他從一上車就沒有瞧過我一眼，只是轉頭看向車窗外。我不知道他現在心情是怎樣，是覺得對不起我，不敢看我，還是太恨我而不屑看我。

「你還好嗎？」我問。

他有些錯愕的回過頭來看我，「妳問這是什麼意思？」

我看著他說：「說真的，我在開來的路上，我都想好，一看到你，我就要先給你一巴掌，然後讓你所有同事知道你做了這種事。」

「那妳為什麼沒有？」他冷冷的問。

「我也不知道，就突然覺得，我這麼做可以得到什麼？讓你更恨我嗎？然後我們的關係這輩子就在恨彼此當中結束？我不覺得有這樣的必要，分手是讓我們都去過我們想要的生活，不是讓我們成為阻礙彼此的那顆石頭。」

他看著我，沒說什麼，可能不太相信我會就這麼算了。

「我沒有要告你，我只是希望一切到此結束，就算後面不太愉快分手了，但其實我們之間快樂的回憶更多。我不是什麼聖人，也沒有想要談什麼愛與包容，你就當我自私到底，只希望自己心裡好過而已。我真的不想這樣糾纏下去，我四十歲了，不想把時間浪費在這上面。」

他過了很久，才緩緩吐出一句，「對不起。」

我知道這是他發自內心的，交往兩年多，這一點點了解還是有的。

我給了他一個微笑。然後他再看了我一眼，眼神錯綜複雜，最後也給了我一個抱歉的笑容，接著下車。我知道這一瞬間，我和鄭友新才是真的結束。雖然過程有些風波，但無論如何都過去了。

我轉頭見他手機掉我車上，趕緊拿下車追過去，「你的手機。」

他接了過去，「謝謝。」再補了一句，「以後見面就當陌生人吧。」我點點頭，這對我們都是最好的選擇。

我目送他離開，一轉身要去開車的時候，魏以晨氣喘吁吁出現在我面前。我傻眼，沒好氣的罵，「你肩膀受傷還跑？很想要傷口裂……」

我說到一半，就被他抱住。

擁抱的力道，再一次讓我心悸。

# 9 關於傷痛，二十歲哭、三十歲忍、四十歲淡。

我推開魏以晨，傻眼的問：「你怎麼會在這裡？」

「妳沒事吧？」

「我看起來像有事嗎？你到底為什麼會在這裡？」

「剛憶珊打去我公司，說了妳報案的事，她知道妳可能會來找人，但她被老總叫走，只好叫我過來看一下。還好嗎？你們有吵架嗎？有受傷嗎？他有再說難聽話嗎？」我第一次看他說話這麼急。

我覺得真的是反應過度，「我沒事，憶珊沒事打給你幹嘛，我自己的事我可以自己處理，你根本不用來！」

「妳覺得無所謂，不代表別人不能關心。」他也有點不高興的說。

我驚覺自己態度不好，馬上認錯，「我口氣不好，我道歉！可能我衝出來的時候，讓憶珊誤會了。但老實說，我本來也是要來吵架的，但後來就不想吵了。反正我跟鄭友新就是沒事了，過去了，你們都不要擔心。」

「剛才這麼說不就好了嗎？」

「就第一反應改不過來啊。」看他不知道在不爽什麼，我也有點生氣，「換你要來找我吵架嗎？」

「我不會跟妳吵。」他說完，自己坐上了我的車。

我覺得好笑，那剛講了一堆是？

我也上了車，他劈頭就問：「所以妳決定不告了？」

「不告了！」我轉頭問他，「那你要告嗎？畢竟對你名譽也有傷害。」拖累到他，真的不是我一個人說了算。

「懶。」他只回了我這個字，真的很懶。

然後，我們就好像剛才的事都沒發生過似的。

我們在車上隨便亂聊著，聊工作、聊人生、聊生活，聊很多的事，有時候我不認同他，有時候他不認同我。但我們都是屬於那種先退一步再進攻的人，有可能是因為這樣，在退那一步的時候，我們基本上就不會再有爭執。

要說除了那張臉以外，最大的優點就是他很能尊重別人。意思是他能理解並且接受別人的處理方式，不是那種，喔隨便他啦，管他去死什麼的。就是盡力的去體諒對方。

所以他死得這麼慘。

「妳這表情這樣是？」

「沒什麼，我尊重你的選擇。」包括他被生母糟蹋這件善事。即便我覺得很不可思議，但我不想評論他。一如我不喜歡有人來干涉我一樣，我的選擇，我有本事自己負責。

他看著我說：「謝謝。」

就在要到他公司時，我的手機響了。我接了方向盤的藍芽接聽，然後下一秒，車子裡迴響著臨時看護的聲音說：「楊小姐，妳阿姨走了。」

我先是愣了快三秒，才淡淡的開口，「嗯。」很平靜的回答她後，掛了電話，繼續往前開。

魏以晨制止我，「先去醫院。」

「我先送你回去。」

「先去醫院，都什麼時候了。」他難得大聲。

我看了他一眼，最後在前面的路口迴轉。到醫院的路上，他沒有再說話，我也不知道要說什麼，但我卻非常感謝這樣的沉默。接著到了醫院，我趕到病房，阿姨還在，白巾也還沒有蓋上阿姨的臉，她就像是上次我來看她一樣睡著的樣子。

護理師告訴我她在幾點幾分過往，說她似乎沒有什麼苦痛，就這樣睡著。如果我有話要跟她說，可以先說，等會再過去辦手續。

「沒有。」我回答她，我不知道要說什麼啊。

護理師錯愕的看了我一眼，魏以晨客氣的再回答她，「不好意思，再給我們一點時間。」

護理師這才展笑點頭，「沒問題。」

我站在病床邊看著阿姨，魏以晨則是站在布簾外等著。我真的沒有話要對她說，十幾年過去了，再怎麼恨也就那樣，再怎麼不恨也是那樣。原本以為，再次遇到阿姨是我人生的功課，但現在看來，真的做完功課的人是阿姨。

硬要假裝感傷也是件可悲的事，要我落淚也不太可能，該哭的，那個被丟下的十幾歲女孩哭夠了。

我唯一能說的兩個字，只有「好走」。

是的，我對阿姨說了，好走。

然後我離開了病床前，護理師見我走出來，便進去幫阿姨處理最後事宜。魏以晨問我，

「妳不是說她還有女兒？不聯絡嗎？」

「她女兒叫我別聯絡。」我說。

他直盯著我，過了半晌，伸出手對我說：「把妳的手機給我。」

「幹嘛？」

「給我就是了。」

我把手機拿出來，他又說：「解鎖，給我她的電話。」

「我不要，她都叫我別聯絡了。」

「但妳想，妳還是想讓她來看媽媽最後一面，不是嗎？那我來，反正她沒有叫我不能打

給她。」我看著這個看穿我的男孩子，全身一陣雞皮疙瘩。看著他堅定的眼神，我反而無法堅定我的倔強。

我深吸口氣，在手裡機找出幾天前打給千儀的那個號碼後，把手機給了魏以晨。接著他直接按了撥出，非常的爽快，然後走到一旁去。我只看到他的嘴巴在動，但我根本聽不到他說什麼。

五分鐘後，他走過來，把電話給我，「她會來。」

我淡淡的嗯了一聲後，先去把該給臨時看護的錢結清，謝謝她這陣子的幫忙，再去把醫院的費用結清。等我回到病房時，卻見到魏以晨站在病房外。當我再走近，聽到千儀痛哭的聲音從病房裡傳了出來。

我對著魏以晨說了一句，「謝謝。」

其實應該是千儀對他說謝謝才對，如果剛剛只有我來，那我肯定是不會找她的，那她就會錯過看自己媽媽最後一眼的機會。

我和魏以晨等在病房外，等到千儀帶著紅腫雙眼出來，她看著我，我在她眼裡看到了脆弱。有多恨就有多愛吧，我不是不知道千儀心裡也有很多的無奈跟痛苦，可是那是她的難關，只能靠自己解決。

魏以晨拍拍我後，走到了外頭去，把空間讓給我和千儀。

她坐在剛才魏以晨的位置，我坐到她旁邊。她開始跟我說著那些過去，可我卻整個人放空。因為她現在所有的苦，都是當初他們選擇時就種下的因，每個人都要為自己的選擇負責，就是人生定律。

他們做出選擇後的生活裡，並沒有我，即便千儀她爸如何賭掉我爸媽的錢，她爸再去借錢賭博，去騙所有親戚朋友的錢，又或者是繼續去賭博，跟我又有什麼關係呢？那都是他們自己要去面對的。

我把剛事先領出來的錢給千儀，她錯愕的看著我。

「辦後事需要錢。」我說。

「我爸媽這樣對妳，妳為什麼還願意……」她一臉不可思議。

「我不知道，妳也別問了，好好處理吧。妳爸這輩子我看是不會變了，妳自己要有心理準備，以後的路不會太好走。不管妳之前是公主、是千金還是什麼，那都過去了。現在妳就是要面對現實，想辦法讓生活穩定下來吧，以後，不要再有任何聯絡了。」

她接過錢，眼淚掉了下來，「我爸去找過妳了？」

「嗯，接下來就是妳和他的事，妳自己要努力。」我常覺得生活就是一道漩渦，我們只能努力的不讓自己被捲進去而已。

她沒說什麼只是點點頭，我起身要離開時，她哽咽的對我說了聲謝謝。我點點頭，然後在我轉身時，她又說了一句，「對不起。」

我回頭看她，她對著我說：「以前的事對不起，我爸和我媽對妳做出那樣的事也對不起，真的對不起。」

我微笑，「我沒事了。」

然後我離開了醫院，也離開了那段我深埋在心裡的過去。我走出醫院，月光照在我的臉上，我卻覺得很暖，站在門口等我的魏以晨，也很暖。

「都好了？」他問我。

「嗯，都好了。」

「肚子餓。」他說。

「我們去吃飯。」我笑笑的對他說，他也笑笑的對我點頭。

半小時後，憶珊和喬治就出現在我面前，明明喬治只是打電話給魏以晨問一下他肩傷的狀況，結果他就來吃飯了，甚至還約了憶珊。兩個人吱吱喳喳的聊著最近火紅的美妝保養品，醫美和健身，我和魏以晨配著他們的話吃飯，也默默的覺得津津有味，越來越喜歡這樣的感覺。

突然想到，我以前一個人到底怎麼吃飯的？

「想什麼？」然後魏以晨就問我了。

「你是有在我腦子裡裝監視器？」他只是笑。

吃得差不多時，魏以晨去結帳回來，喬治跟他說：「哥，我晚上沒辦法幫你換藥喔。我還得去客戶那裡一趟，她明天有活動，我要幫她做最後定裝。你叫芷言幫你換一下。」

我嗎？什麼時候這變成我的事了？

於是憶珊送喬治回去，我和魏以晨回家。到了家門口時，我問他，「你要現在換藥嗎？」

「我先洗個澡。」

「你有辦法洗嗎？」

「可以吧。」他說完後回去他家。

我回到家裡，雖然在忙自己的事，但總是忍不住擔心，他的肩膀會不會碰到水？上次傷口感染都發燒了，好不容易好了，又來一個新傷口。我就連坐餐桌前用筆電回廠商 mail 都無法專心。

我乾脆直接去洗澡，想轉移注意力。沒想到我澡都洗好，頭髮也吹乾了，魏以晨還是沒有動靜。難道他發生什麼事了嗎？會不會他突然怎麼了？然後沒有人知道？

我二話不說衝了出去，一開門，他剛好站在我家門口，正要按電鈴。見我一臉著急，他有些錯愕，「妳要出去？」

「你也洗太久了吧？我差點要報警了！」我沒好氣的瞪他。

他笑了笑，推著我進門，「我也得洗衣服、整理房間啊，弄好就拿藥過來了。」

「你洗澡有沒有碰到水？」

「很盡力了，應該沒有。」

我拿過他手上的藥，讓他坐到沙發上，然後看著他解開襯衫鈕釦，一顆又一顆，我莫名覺得燥熱。他一臉好奇的問：「妳怎麼額頭冒汗？是太悶了嗎？」

我迅速回神，自己去倒了杯水喝，轉頭問他，「你要喝水嗎？」

結果我看見他褪下襯衫後，肩上、背上、胸口上的傷痕，我頓時很想哭。但我覺得在他面前這樣掉淚太過失禮，把眼淚吞了回去。他都沒哭了，我是要哭什麼？

我僵硬的走過去，拿起醫院的藥，幫他處理傷口。他突然握住我的手說：「我自己擦好了。」

「為什麼？」

「因為妳的手在抖。」

「有嗎？」我很認真的問。他笑了出來，把握著我的手放開說：「妳自己看。」

我這才發現，原來我真的在發抖，而且抖的很厲害，藥袋都發出聲音了，只有我自己不知道。我尷尬笑笑，「我沒事，可能就……」我真的想不出理由，坦誠的說：「可能看你身上這麼多傷，有點不爽吧。」

他看著我，也不說話，最後只是摸摸我的頭。

不知道是摸頭有效，還是我把話講出來的關係，我的手不抖了，可以好好幫他上藥了。他斜靠沙發上，我用著非常笨拙及緩慢的速度，歷時二十分鐘後，終於幫他換好藥，也換了新紗布。

真的覺得醫生和護理師都是神。

我收拾好藥材，才發現魏以晨睡著了。跟上次一樣，我也捨不得叫他，去房間拿了被子出來幫他蓋上。或許他現在最需要的就是像現在這樣好好的睡一覺，沒有什麼事是食物和睡覺解決不了的。

於是，我決定去把一些工作完成。沒想到當我再次醒來的時候，發現自己居然在床上，我下意識第一件事就是衝去魏以晨家狂按門鈴。很快的門就開了，他穿著圍裙站在我面前說：「妳醒了？我才剛要去叫妳吃早餐。」

「你傷口有沒有裂開？痛不痛？」

「沒事，妳怎麼了？」

「我在床上起來的啊，難道不是你把我抱進去的嗎？我很重耶，你是不是瘋了，肩膀有傷，你還這樣逞英雄……」

「我是用拖的。」他自以為幽默。我沒好氣的瞪他，他笑笑說：「如果妳是要我說妳不重，那是假的，妳真的滿重的，但妳這樣趴在餐桌上，脖子扭到了，就沒有人幫我擦藥了。」

我真的是該拿鹽水潑他傷口才對，我就是重，怎樣。

「算了，沒事就好了。」我轉身要走，被他拉住，「吃完早餐再走。」

「都快被你嚇死了，最好有胃口。」我沒理他，直接回家準備上班。

結果，我整理好要去公司，一打開門就看到門把外吊著個保溫袋，打開一看裡頭是早餐。我笑了笑，決定把早餐帶到公司去。

沒想到當我進公司時，櫃檯就跟我說：「副理，有人找妳。」

「誰？」

我循著櫃檯的眼神望去，我看到了吳世學。

媽的，又來了，一波未平一波又起，為什麼如此的沒完沒了。能不能讓我先緩一緩？還是老天爺看我緩了十幾年了，所以對我不順眼，硬要把我逼到懸崖邊，就是想看我會不會跳下去是不是？

「可以跟妳談談嗎？」

「有談的必要？」十幾年的事了，現在才要來談嗎？

我依然記得當初我傳了分手訊息，搬出同住的家之後，他就像默認了一樣，再也沒有跟我聯絡。其實我已經忘了那時候怎麼走出來的，只知道自己過了一段生不如死的日子。為了忘記這件事，把所有精力花在工作上，拚到芬妮經理強制我休假，結果那天我在家裡哭了一整天。

因為他太常對我說那句，「以後我們的家……」

或許是這樣，我開始害怕所有對我說這句話的男人。有些影響是你沒意識到，卻留在你血液裡面，如影隨形。

「言言。」

我連聽他叫我名字都覺得耳朵痛，我直接走人，他竟拉住我的手。我回頭瞪了他一眼，他才勉強放開，然後對我說了一句，「請妳幫我。」

幫你去死。

這句我當然沒有說出口。畢竟我四十歲了，如果說這句話，人家會說你意氣用事，說你都這麼多年了，還在記恨，說你白活了那些年紀，好像那些事真的隨時間過去就過去一樣。

有年紀的人真的很難，很難。

我沒有理他，直接進去辦公室，但在進辦公室之前，我對櫃檯說：「小美，以後這個人我不見。」

我知道直到我進去，他的眼神還在我身後，莫名其妙。

我抱著一肚子氣，今天又剛好有月會，聽到底下的人荒腔走板的報告，我真的很想拿起來眼前的資料，然後甩在這些人臉上。但不行，因為吳世學來找我的事應該已經再次傳遍全公司。

如果我在此時此刻發火，很快就會有人說我不專業，說我情緒化。我只能先讓會議暫停十分鐘，留下憶珊，把氣出在她身上。罵過一輪後，她見我比較冷靜了後才說：「雖然我是她們的主管，他們做不好，我是該罵，但妳也是我們的主管耶。」

對，最該罵的人是我，「那妳罵我吧。」我說。

憶珊什麼都沒有說，只是過來擁抱我一下，我只能說，我頓時被治癒了。

接著好好的開完會後，回到我的位置上工作，一轉眼已經天黑，我這才準備下班。結果一下樓，看到吳世學站在門口，我真的只有四個字，叫陰魂不散，為什麼我的前男友都這麼不乾脆？

是他們的問題，還是我眼光的問題？

我當作沒看到他，走到我的車邊，要打開車門時，一隻手又把我的車門關上。我抬頭一看，吳世學居然還敢走來我旁邊，一臉懇求，「拜託妳給我十分鐘。」

「一秒都不想。」行，不讓我開車，那我坐計程車總行了吧。

我轉身走人，他又上前一攔。在我想要開口罵人的時候，魏以晨不知道為什麼會出現在我身邊，然後拉著我上了他的車，直接開走。我還從後照鏡看到吳世學還站在原地，我無言以對。

我不想被他影響，調整好情緒才轉頭問魏以晨，「你怎麼來了？」

「我把上次修改後的資料拿給顧小姐。」原來是來找月彤的。

然後又一陣靜默，我忍不住問他，「你不好奇那個人是誰嗎？」

「好奇，但妳想說才說，不想說就不用硬要解釋，我只在乎他對妳有什麼影響，會讓妳心情好或難過，至於他是誰，我不在乎。」

我笑了笑，「你真的很成熟，比我還像大人。」

「通常只有幼稚的人才會分大人，小孩。」意思就是我被他再婊了一次就對了。但這次我沒有生氣，我喜歡他的回答。

「所以，妳難過嗎？」他問。

我搖搖頭，「不難過，只是煩，但我可以調適。」

他笑笑的摸摸我的頭，我警告他，「你這樣亂摸女人的頭是會出事的。」我一說完，他瘋狂的摸，把我頭髮弄得跟瘋女人一樣，我差點沒被他氣死。但很奇妙的是，吳世學的事，就這麼拋到我的腦後了。

到家停好車，搭電梯的時候，我開口問他，「要換藥嗎？」

他卻突然問：「妳早餐有吃掉嗎？」

我錯愕，「當然有啊，可是袋子我忘了帶回來了。」

「沒關係，我那裡還有。等等先吃飯吧，我煮麵，妳過來吃。」

「喔。」我也不知道為什麼回應得這麼順口，好像一起吃飯，變成了一件再正常不過的事。

於是，我回家整理了下自己後，去按他家門鈴。

我也剛好聽到了電梯到達樓層的叮噹聲，轉頭看去，好奇誰會來這一層樓時，我看見美珠從電梯走出來，而魏以晨也剛好開門。我下意識的把他再推回屋內，站在屋外把門帶上時，美珠就站在我的面前，狠狠的瞪著我。

她應該是還在氣我用可樂噴她。

「妳在這裡幹嘛？」她問我。

我還沒有回答，就聽到門把轉動聲，魏以晨是不是不見棺材不掉淚？我直接握住門把，死命的不讓它轉動，但我怎麼敵得過魏以晨的臂力？門把被轉開了，可我還是死命的拉住，喊著，「你不要出來！」

美珠見我不讓她跟兒子碰面，氣得推了我一把，我整個人在走廊上犁田，當然顧不了門。魏以晨還是走了出來，過來扶起我。美珠氣炸了，可能覺得我是個婊子，在那裡耍心機，讓兒子更討厭她。

「妳到底是誰？」美珠上前質問我。

魏以晨淡淡回答，「我朋友。」

然後他拉著我要進門，還打算把美珠關在外面。但美珠怎麼可能接受，拚了命要進去，甚至還碰到了魏以晨的傷口。魏以晨痛得駝起背，我頓時像被點燃的鞭砲，朝著美珠大罵，「妳鬧夠了沒有？」

美珠見我居然對她大聲，一巴掌就要過來。

我也不是省油的燈，才剛要阻擋，魏以晨已經忍痛抓住她的手，語氣冷到不行的說：「不准動她。」

美珠氣炸了，抽回手，「我是你媽，你敢為了隨便一個女人對我大小聲？」

他口氣更可怕了，我覺得下一秒會換他呼美珠一巴掌，「她不是隨便一個女人，不、要、動、她。」

美珠惱羞成怒，像真的跟魏以晨對上一樣，舉起手直接給我一巴掌。我覺得這次我應該躲不過了，沒想到魏以晨反應快的直接站到我面前。巴掌他是沒有挨到，但是美珠的指甲劃破的魏以晨的下巴，滲出了血。

美珠見自己傷了魏以晨，不知道是心虛還是怎樣，突然哭了起來。

我看著魏以晨的傷口，心悶到不行，火大的吼了美珠，「哭什麼哭？受傷的又不是妳，妳哭什麼哭？想要兒子留在妳身邊，那妳不會溫柔一點嗎？不要只顧著心疼妳自己好嗎？妳沒看到他很痛很痛嗎？」

他心那麼痛，妳都看不見？

我直接把魏以晨拉到我家去。我以為美珠會狂拍我門，狂按我電鈴，結果沒有，安靜到我連她什麼時候走的都不知道。我只是很專心、很專心的幫魏以晨擦藥，但實在太過安靜，我只好找話題聊。

「雖然應該是不會留疤，但你的臉就算留疤，也不會太難看。」

他沒說話。

「如果你怕留疤，可以叫喬治介紹你不錯的醫美，感覺他很懂。」

他還是沒說話。

「今天天氣很好。」

他還是沒說話。

「好了，我擦完了，也沒話說了。」

我正要收起藥膏的時候，他把我往他一拉，接著吻了我。我又再次出現心悸跟頭暈目眩的症狀，真的是老了，怎麼體力會這麼差，連推開他都沒有力氣。突然我的門鈴聲響，才把我拉回現實，我怕碰到他傷口，所以退了一步。

為了展現我這年紀該有的見過世面，我連慌張都不能有，只能裝沒事的去看看門外的人是誰。確認是喬治，我才打開門，他笑嘻嘻的走進來說：「我就知道我哥不在家，一定在妳家，我有買消夜，大家一起吃。」

然後我對喬治說：「把你哥帶回家。」這個年紀的人，也需要冷靜冷靜。

我也沒管喬治有多錯愕，我轉身回房間，關上門的那一刻，有點腿軟。我不知道魏以晨怎麼會吻我，是因為我替他打抱不平，想要以吻相許？他也不是那種逢人就吻的人，那他這樣對我，是表示？

我不敢再亂想下去，光是年紀差異，已把我打入十八層地獄。

做人可以這麼沒有良心嗎？

或許只是剛才氣氛正好？有嗎？還是他痛到腦筋不清楚？有嗎？也有可能是他剛好被什麼附身？有嗎？我不知道，後來我就再也沒有走出房間，洗完澡後躺在床上，都在問自己這些問題。

一整個晚上，都沒有答案。

隔天早上，我準備要去上班，一打開門，他正好從他家走出來，也像是要上班一樣。奇怪了，他不是都晚上跟學弟開會嗎？為什麼最近常在白天活動？我沒有打算問他，應該說我不敢有太多對話的機會，只尷尬笑笑的說：「啊，我還有東西沒有弄完。」然後躲回我家，馬上趴下去，從門底細縫看看有什麼動靜。

我看到魏以晨的腳往電梯方向移動，應該是會離開吧？

我站在門後，等了十分鐘才再次走出家門，順利的取車上班。

接下來連續好幾天，我都沒有再碰到他。當然喬治還是時不時打來問我要不要一起吃飯，但我都以工作為理由拒絕，順便問他魏以晨傷口狀況。可是喬治只會回我，「妳不會自己問他喔。」

我就整個心虛。

在我還在想要不要拜託憶珊去問的時候，我的手機響起訊息聲。不誇張，我整個秒看，但不是魏以晨，是千儀傳來的。

她說：「很順利、很圓滿，謝謝。」

雖然我告訴她不要再聯絡了，但是看到她傳這樣的訊息來，我還是覺得很欣慰，好像什麼都好好的，就好了。

我實在是無法靜下心來，憶珊在跟我討論事情，我還是滿腦子裡都是魏以晨和他那對我的那個吻。突然我聽到砰的一聲，回神才發現憶珊把 iPad 丟在桌上，雙手抱胸看著我。

「妳到底要不要給我打起精神？」我的下屬直接嗆我，看看我這幾天過得有多廢！

「對不起。」我承認是我的錯。

憶珊嘆了口氣，「妳是不是在想魏以晨？」

我真的差點沒有嚇到閃尿，張大眼睛瞪著她，憶珊一臉「不要小看我」的表情，「不要以為妳不說就沒有人知道，喬治跟我說妳最近好像在躲魏以晨。怎樣？是妳不喜歡他，所以在躲他，還是妳喜歡他，更要躲他？看起來是第二個。」

我嚇瘋了，一開口直接被自己口水嗆到。

憶珊看著我搖頭，「我把妳這反應當妳承認了。喜歡就喜歡啊，有什麼好苦惱的，我看魏以晨對妳也是有意思的啊。欸，我們都這個年紀了，什麼都看得出來好不好，只是不關自己的事，不想拆穿而已。」

「我們差十歲。」我說。

「妳不是不在乎別人眼光，不穿內衣都敢出門了。」

「那不一樣啊。」

「哪裡不一樣？都是讓自己爽的事不是嗎？不穿內衣妳覺得舒服，跟魏以晨在一起的時候，妳明明就心情比較好，幹嘛不承認？」

「我沒有不承認。」

憶珊大笑，然後快速的拿起手機撥了出去，只聽到她說，「欸，喬治，我套出來了，芷言姊真的喜歡你哥，就是我們猜的那樣沒錯……」

我一把搶過她的手機，直接掛掉電話，罵憶珊，「妳有沒有良心啊，我都快煩死了，妳在給我看笑話？」

憶珊突然拉著我說，「我是替妳開心，我喜歡妳看起來有煩惱的樣子，很可愛、很迷人。我不知道要怎麼說，妳才能突破自己的心防。可是芷言姊，妳不是說妳現在只想做讓自己快樂的事嗎？那如果喜歡魏以晨會讓妳快樂，那為什麼不做？還是妳的勇敢只在不穿內衣，而不是面對自己感情？」

她說完，起身拍拍我，像在安撫小孩子一樣後離開。

我就這麼呆坐在沙發上好一陣子，才能收拾情緒起身，出發去巡店。無論如何還是得把該做的事做好，很快就是萬聖節大關，除了公司內部作業外，和店面的配合還是很重要。中南部會交給各區督導，北部我會親自跑，尤其最重要的是旗艦店。

所以我先去把分店巡過一次，確定該到的資源都到了，當日菜單、活動什麼都重複確認之後，把更多的時間留在旗艦店，畢竟這裡就是要執行月彤計劃的店面。我看著已搭建好的舞台，布置好的螢幕，然後店長過來跟我說，「副理，這次活動真的很特別耶，昨天預演過一次，同仁都好喜歡，VR超好玩的。」

「那就把大家的喜歡傳給所有客人，讓他們也喜歡。」

「沒問題。」

把所有流程都仔細敲過一次後，我才走出店門口，打算好好回家休息。卻看到了從旁邊咖啡店出來的葉夢舒。

我們四目相對。

地球很大，大到你看不到想見的人，地球也很小，小到你無論如何都會碰到不想見的人。

在互相賞了那一巴掌之後，我們不知道要見了面要說什麼，接著，我看到維芯也從咖啡店走出來，明顯是她們約好了碰面，原本和我感情最好的維芯，最後卻是和夢舒聯絡。

從原本的兩人對看，變成三人對看。

我轉身走人，維芯喊住了我，「言言！」我只能停步。

結果下一秒走的人是夢舒，維芯喊她喊不住，只能看她走遠。維芯輕嘆，然後對我說：「有時間嗎？」

我看著好久不見的朋友，還是點了點頭。

於是五分鐘後，我們坐在了咖啡廳，沒想到重逢竟是這麼尷尬的事。

「妳好嗎？」維芯一向就是個非常善良，喜歡事事圓融的人，她就是團體裡的潤滑劑，什麼事都沒關係、沒關係，大家和氣生財的那種人。

「算好吧。」我說，然後又一陣沉默。

維芯看著我輕嘆口氣，「妳還是沒變。」

「我沒變嗎？」我以為我變了很多。

「一樣不喜歡把話說出來。妳應該很不爽才對不是嗎？看到我跟夢舒還有聯絡，妳應該覺得我背叛妳吧？」

「對。」我很誠實的說了，「但那不代表妳們有錯。是我自己的問題，是我沒有跟妳聯絡，是我幾百次看著妳的電話號碼，可是卻不敢撥出去，是我愛自尊更超過愛妳，妳問我有沒有後悔，有！可是活著，怎麼會沒有後悔的事？」

維芯看著我，眼神百感交集，「妳是愛自尊，可我是懦弱，那時候罵完妳和夢舒，我也很後悔。明知道妳們需要調解，需要時間，可是我太害怕我們的友情就這麼結束，所以逼著妳們一定要和好，結果卻是都散了。」

「年輕不懂事吧。」這就是年輕的好處，什麼都可以拿來怪罪。

她笑了笑，「是吧，然後這一鬧就是好幾年。我也曾經想打給妳們，可是我不敢，因為妳和夢舒脾氣都硬，我怕被妳們掛電話，我會很難過，所以乾脆不打。後來我是在高雄遇到夢舒的，她去出差，就在路上碰到，才開始再聯絡。」

「嗯。」

「她和吳世學結婚了。」

「嗯。」說真的，我不意外，也沒有很在乎，尤其是此時此刻。

「可是過得不太好。」維芯說完，我抬頭看她，她苦笑的說：「因為妳。」

「因為我？」我不能理解。

「其實我當初真的很氣很氣夢舒，她怎麼可以這樣對妳？後來再碰上，我才知道她在看精神科，她過不去妳這一關。」

我嚇了一跳，「什麼意思？」

「我明白感情沒有先來後到這件事，吳世學就算先認識夢舒，但他那時候追求的人是妳。夢舒原本都說服她自己來祝福妳，可是後來妳工作忙，我又不在台北，每次約好吃飯，最後就剩夢舒和吳世學，她對吳世學的感情就越來越深。妳知道吳世學念研究所的時候，因為論文被教授拿去發表，氣到打教授，結果教授告吳世學嗎？」

我搖頭，整個人傻眼，「我完全不知道這件事。」

「因為妳忙，是夢舒陪著他解決一切，動用人脈把事情壓下去的。」

我心裡還在震撼。我只記得有陣子，吳世學特別低潮，問他發生什麼事，也不肯跟我說。

「那天妳看到他們睡在一起，是因為吳世學發燒又吐了一身，夢舒為了照顧他，只好幫他脫衣服去洗，然後照顧他一整個晚上。不小心太累，才睡在吳世學旁邊，其實什麼事都沒有發生。」

「她跟妳說的？」

「妳是不是覺得，她說的不一定真的？」

我沒有回答，但心裡的確有這樣的疑惑。維芯繼續說：「後來我和夢舒再重新聯絡上後，吳世學有私下問我有沒有再跟妳聯絡。我跟他求證這件事，他也說他們什麼事都沒有發生。」

「那他為什麼不跟我解釋？」讓我這樣白白誤會他又是怎麼一回事。

「這我就不知道了，妳可能要自己問他。」

我沒有說話，只是覺得知道真相是一回事，能不能承擔真相又是另外一回事。我覺得很傷心，但我還無法釐清，這種讓我傷心的感覺到底是從哪裡來的。

維芯伸手拉了我的手，我以為她是要勸我放下，或勸我跟夢舒合好。但她沒有，她只是用很真誠的眼神看著我說：「能這樣再跟妳說話，我真的很開心，我好想妳。」

我的眼淚瞬間被逼出來。我伸手擁抱了我的朋友，這十幾年沒有聯絡的隔閡跟距離頓時消失不見，原來有些感覺，還是能找得回來的。

這個晚上，我跟維芯聊到咖啡店打烊，然後我們轉戰便利商店，把過十幾年沒有說的話，全都填起來，一直到凌晨四點。我開車送她回家，下車前還要確定剛留的電話沒有錯，就怕再次錯過又是十幾年。

我帶著心滿意足的心情回家，在我伸手開門的時候，隔壁的門打開，魏以晨穿著睡衣走出來。我嚇了一跳，裝冷靜的笑笑，「晚安……不，早安？」好像也是怪怪的，我只能說，「還沒睡啊？我要睡了！」快速句點。

結果他拉住我要打開的門，看樣子肩上的傷好得差不多，算我白擔心。

「幹嘛？」我問。

「妳怎麼現在才回來？」

「就遇到朋友，聊了一下。」

「這麼晚了，以後我可以去接妳。」

「不用吧，我又不是自己沒有車。」

「我會擔心。」

我愣住了，這代表他還沒有睡在等我的意思嗎？

「擔心什麼，我又不是小孩子了……」

我話都還沒有說完，他又吻了我一下，然後說：「已經給妳一個星期冷靜了，接下來妳要習慣有我。」

我都還沒有回過神，他已經把我推進我家，然後對我說一聲，「晚安，趕快去睡。」

但請問一下，我現在怎麼睡得著？

我心悸啊！

老天爺啊，四十歲了，我可不可以沒有良心一次？

# 10
## 關於人生，二十歲衝、三十歲追、四十歲呢？

魏以晨那句習慣有我，實在讓我太不習慣。

明明該要有睡意的我，眼睛一閉上就是想到魏以晨。我甚至無法等到天亮，實在太害怕會碰到他，不知道要怎麼面對。於是我早上六點就決定出門，然後偷偷摸摸開門，偷偷摸摸關門，小偷都沒有我偷偷摸摸。沒想到我才把門關上，就有人拍我肩膀。

我當下真的差點大叫出聲，無法做任何心理準備，打算裝死面對魏以晨。沒想到下一秒，我回頭，看到的竟是阿紫奶奶。

我沒好氣的用氣音吼她，「妳幹嘛啊？想嚇死人？」

「是妳在幹嘛啊，跟個賊一樣。」阿紫奶奶的音量，讓我差點脫掉我腳上的襪子往她嘴裡塞。

我很害怕她這嗓門吵醒魏以晨，拉著她往電梯去，她一臉莫名其妙。等到我把她拉進電梯，才鬆了口氣的正常開口，「妳怎麼那麼早啊？妳到底是幾點上班？」

「我想上就上啊，妳管我那麼多，妳是要去哪裡？這麼早。」

「上班。」

「騙肖欸，六點十五分耶。」她看了她的手錶吐嘈了我一下。

「我也是上想就上啊，不可以嗎？」

「妳跟隔壁的吵架啦？」

「哪有？」

「那就是和他戀愛了？」

「妳的人生選項這麼極端嗎？」我沒好氣的回他。

她理所當然的看著我，「拜託一下，妳看起來就在躲他啊，要不是吵架，就是和他談戀愛，然後也吵架了。」

「神經。」我覺得我就算再活十年，也無法理解阿紫奶奶這種推敲法。

然後電梯到了停車場，我頓時覺得海闊天空，可以不用再跟阿紫奶奶討論這些事。沒想到走出電梯後，阿紫奶奶也跟了出來。我好奇看她，她笑笑對我說：「欸，我只做到今天。」

「今天？」我有點措手不及。

「開始想我了喔。」

「沒有。」我有點口是心非，雖然她很鬧，但她主動來煩我這件事，其實我真的沒有那麼討厭。

「反正我能做的都做了，主要還是看妳自己啦，不要說幸福沒有來找妳，有時候就是妳自己推出去的。我業務太多，實在是顧不了太多人啦。妳喔，什麼都好啦，就是倔。但這是妳的業障喔，妳要自己跨過去，我真的是幫不了妳。」

我聽得一塌糊塗，「妳不用幫我什麼啊，妳只要妳自己生活過得去就好。」

「我哪裡過不去？過不去的不都是妳們自己。」我越聽越覺得自己耳朵跟智商有問題，不然怎麼會聽不懂？

「妳到底要說什麼啦？」我問。

她突然高深莫測的說：「妳知道人生永遠差一個念頭而已嗎？」

「什麼意思？」

「反正以後妳就懂了啦！雖然我也很討厭人家說女孩子不要太有主見，可是看到妳，我真的覺得女人還是傻一點好啦。妳真的是煩死人。」阿紫奶奶也不耐煩了，但我只覺得自己很無辜，是她自己來找我講話，又說我煩死人。

阿紫奶奶揮揮手說：「去上班啦，以後不會見了。」

見阿紫奶奶轉身要離開，我有些捨不得過去拉住她，然後擁抱了她一下，「妳要保重。」

她看著我，她的關愛眼神，使我第一次感受到她原來真是個長輩，而不是個來去一陣風的怪咖。她拍拍我，什麼也沒說的轉身離開。

活到現在，我經歷了太多離別，離開好像成了日常，每個人都會從我的生活中轉身離開。以前不能適應，會站在原地徬徨，後來漸漸麻木，知道這不過是人生的固定戲碼，除了往前走，誰都別無他法。

習慣，才是人生最難的地方。

我坐上車，調整了下情緒後，才發動引擎，將車開出停車場。沒想到突然有人直接站到我車子前，我嚇了一跳馬上踩剎車。要是我再晚一秒，眼前擋在我車子前的人，可能已經飛到對面車道。

我氣到直接下車，才要罵人的時候，發現居然是美珠。

果然是超越瘋狂的女人。

十分鐘後，我們來到附近的便利商店，面對面坐著。畢竟這時間，也沒有什麼咖啡店已經開了，當然除非她想吃早餐，那附近還有間美而美，但我想她應該不是找我來吃早餐的。

她不停的打量我，我當然也不客氣的看著她。

如果照魏以晨說的，美珠十八歲就生他的話，美珠現在可能快五十歲而已。但她保養得非常好，狀態還是非常美麗，天生麗質的人，只佔不到一成，剩下的都是需要後天努力。

努力賺錢，然後去做醫美。如果有人跟你說，他都沒有在保養，可是超漂亮又沒有皺紋，那都是騙人的。

所有事都要付出代價，想要漂亮，有錢就可以。

她過了很久才問我，「妳和以晨是什麼關係？」

「鄰居。」

「妳說謊。」

「好吧，算是朋友。」

「看妳這樣子，應該三十五了？」

「四十。」

「妳四十？」她驚慌的看著我，我可以解讀是她對我的稱讚嗎？但下一秒，我的猜測打了我的臉，「妳都四十了，還敢肖想我兒子？」以她激動的樣子來看，幸好她沒有喝咖啡，不然絕對潑到我臉上了。

「妳是不是有什麼誤會？」

「我沒有！我又不是白痴，以晨是什麼個性的人，我不是不知道，他絕對對妳有意思！我告訴妳，我不會允許的，我絕對不准！我不能接受他跟一個這麼老的女人交往！」

媽的，都還沒有交往就要被罵老，真的是很不爽。我冷冷的看著美珠，「如果妳這麼了解他，應該知道他是用什麼心情在面對妳吧？妳不能接受我，那妳就能接受妳自己用母親的名義在傷害他？妳真的是很沒有資格坐在我面前，跟我講這些五四三。怎樣，該不會等一下還會拿出一個信封，裡面裝了一張支票，然後要我離開妳兒子吧？」

她錯愕的看著我，我真的是笑出聲，還真的有。

「欸，我自己可以賺錢，我的人生還輪不到妳來准不准，妳又不是我的誰。就算有一天，我真的跟魏以晨在一起，妳也不過是他的媽媽，不是我的媽媽，我還需要妳來對我說教嗎？重點是，妳真的有盡到一個母親的最基本責任嗎？本來不關我的事，魏以晨要怎麼面對你，他自己決定就好。可是妳今天自己來找我，那我真的不用客氣。我告訴妳，如果讓我再看到妳傷害魏以晨，下次不絕對不會是兩瓶可樂這麼簡單，我絕對會給妳兩瓶汽油跟一顆打火機。」

我想她五十歲了，應該會懂我們那年代關於霹靂火的梗。

我實在是沒有什麼好說的，才剛要起身，美珠惱羞成怒的抓住我的頭髮。我一夜沒睡，心情已經夠差的了，她還敢動我？我真的氣到直接跟她在便利商店打起來。

最後當然是我贏，美珠哭著跑出去。

但我也是狼狽到不行，去廁所整理，才發現我的脖子上有她指甲的抓痕，深深的三條紅線，還有我的手腕也瘀青，左半邊臉頰也腫了。她到底是什麼時候打到我的，我有給她出手的機會嗎？

我開車到公司的路上，其實有點後悔是不是對美珠太凶了，再怎樣她都是魏以晨的媽，萬一我們以後……

我直接出聲吼我自己，「楊芷言，妳有什麼毛病？妳跟魏以晨怎麼可能會有以後，妳大他十歲啊！瘋子！」

我超瘋，我就是瘋。在車裡我一直罵自己，直到進辦公室，把自己丟進工作裡，才能不再去想那些。

憶珊進公司看到我的傷口，傻眼，「妳是發生什麼事了？」

我冷冷的回，「不要問，我一句都不想講。」

見我低氣壓到不行，憶珊不再問，只跟我討論工作的事，還有萬聖節當天，我們行銷部要去旗艦店輪值的班表。

「把我排進去，晚上時間我來跟，讓他們其他人早點下班。」

「知道了。」憶珊收拾好東西，非常緩慢的離開。她可能以為我會叫住她，跟她說到底發生什麼事，但我只抬頭對她說：「門幫我關好。」然後繼續工作，她也沒輒。

我就這樣一路忙到中午，也沒出去吃飯。憶珊拿了三明治和藥給我之後就離開了，一樣沒有多問，我就是愛她這樣。

當我再次意識到時間過得有多快的時候，已經天黑了不知道多久。

我走出辦公室，外頭已經沒有人了，只有管理員正在巡樓層，看到我有些驚訝，「楊副理，妳好久沒有加班到這麼晚了耶。」

「對啊。」沒事誰要加班？當然回家躺啊。

但我現在就是不太想回家，也因為心煩，想轉移注意力。有時候想想，我還真的是滿可悲的，只能藉工作來排解情緒。很想問同樣都是四十歲的人，你們對人生也如此無力嗎？

還是你們懂事了，也看開了，明白了什麼叫做人生的道理？那教教我好嗎？

我只能在心裡嘆口氣，跟管理員說聲辛苦了，然後離開公司。

我從大廳走出去，遠遠見到大樓落地玻璃窗外，微弱的燈光下，有一抹高挑的身影在那裡。我心一抖，不會是魏以晨吧？

本想從後門偷溜，但我的車就在大門口，我還能怎麼躲？難道是要我坐計程車？但我為什麼要這樣？跟個賊一樣。

我深吸口氣，決定面對，於是我走了出去，走向那抹身影。才要開口，那個人影往前走了一步，燈照亮他的臉。我看得清清楚楚，這人不是魏以晨，是吳世學。

他喊著我，「言言。」

我冷冷的看他，一樣的套路，我沒有打算理他，轉身走人，這次他沒有再喊我，但我卻停下了下來，轉身朝他走去。

人生是很多難題，不解決也是一種方法。但我覺得，如果此時此刻，我不解決吳世學，我就會被我的情緒解決。輸給自己的情緒，是一件很無力的事，難道活著還不夠無力嗎？

「你到底要說什麼？」見他這樣不死心，我真的很疑惑。

「給我一點時間，我們可以去……」

「不可以，有話直接說。這是你最後一次機會，不管你有沒有說完，這都是我們最後一次見面，請你徹徹底底離開我的生活。」

他看著我，苦笑了一聲，「妳一樣還是這麼倔。」

「如果要敘舊的話，我就不陪你了，一個連分手簡訊都不回的男人，實在沒有資格跟我講以前的事。」

我們對看著，他才深吸口氣說：「不是不回妳，是因為我是真的愛上夢舒了。」

我頓時又挨了自己幾巴掌，還以為他是對我愧疚、是對我們的感情虧欠，所以不敢回我訊息，甚至是心虛到不敢挽留我。結果不是喔，他是真的變心了，真的真的真的在跟我交往同居的時候，愛上了我的好朋友。

荒謬到我完全不知道要說什麼。

「對不起。」這句晚了十幾年的道歉，早就可有可無了。

「所以你今天來，是要我補一句結婚快樂、百年好合給你們嗎？還是要補紅包？三萬六夠大包嗎？還是要六萬六？」

他突然一句，「我們離婚了，今天去辦的。」

我傻眼的看著他，我甚至是有些生氣的。都已經傷害一個我了，好不容易在一起、結婚了，然後又離婚了？

「因為夢舒最大的心結是妳。」

維芯也這樣說，但到底關我什麼事？我不都已經退到十幾年沒聯絡了嗎？

「把話講清楚，不要把問題丟到我身上。」

「我真的沒有那個意思，我只能說有很多事，從一開始就錯了。都是我的問題，到最後成了三個人的問題，可是已經沒辦法補救了。」

吳世學這才告訴我，在我把心思全放在工作上的時候，都是夢舒陪著他在面對一切。他不是不知道夢舒對他的心意，但那時他的心裡只有我，對夢舒始終保持了距離。可是當我的忙碌，拉遠了我們之間的距離，夢舒補進了他心中的位置。

「你是在合理化你的變心嗎？」

「不，我只是要說，感情的問題，從來就不是一個人造成的。我有錯，那妳呢？妳沒有錯嗎？我當然知道妳的狀況，我也很清楚妳有多辛苦，但我也很辛苦啊，我偶爾只是想要多跟妳說幾句話，妳就是告訴我，等一下好嗎？我就這樣等著等著，等到心灰意冷，等到開始質疑，我們繼續在一起，真的是對的嗎？當我發現，我想到的第一個人不是妳，而是夢舒的時候，妳覺得我開心嗎？不！我很害怕！那陣子我有多痛苦，不只要面對對妳的愧疚、對我曾許下的承諾抱歉，我還要克制自己對夢舒的心意。我多希望妳能停下來抱抱我，告訴我，沒事了，從現在開始妳會在，會像從前一樣在意我、在乎我！可是我不只一次問妳，妳能不能陪陪我？妳給我的答案是什麼？」

等我忙完就去陪你，我還記得。

過去和吳世學在一起的那些情景，都浮現在我的腦海裡，也包括我說過的話。原來他也是受害者。

他見我不說話，懊惱的說：「我不是在怪妳，也不是在翻舊帳，我只是想說，我當初沒有把我內心感受說出來就是錯的了。如果我能坦誠，不管是妳要跟我分手，還是願意再努力看看，結果就會不一樣了。」

「對不起。」我得在此時此刻承認我的錯誤，還他一句道歉。關於所有我做不好的地方，我都不會逃避，因為我知道接下來的日子，我不會再碰到他。

「我不是要妳跟我道歉。」他著急的解釋。

「做錯就是做錯，承認錯誤是應該的，謝謝你來解開我的疑惑，說完的話，那我走了。」

「還有夢舒！」

我回頭看他，他歉疚的看著我說：「夢舒很後悔對妳說了重話，就算我們後來真的在一起了、結婚了，她還是認為自己從妳手中搶走了幸福。她帶著愧疚和我一起生活，也時不時擔心我心裡還是只有妳，她變得越來越沒有自信，也越來越不快樂。去年她好不容易懷孕，結果卻又流掉，她覺得自己被懲罰，痛苦到無法跟我繼續生活下去，我後來帶她去看了心理醫生，但她仍然是時好時壞，最後她提出離婚。老實說，我覺得鬆了口氣，因為我們真的過得太不快樂，所以最後還是離婚了。那天在社區遇到妳，是因為我們去見的律師朋友也剛好住在那裡。」

「所以呢？」

「妳能不能見見她，打開她的心結？就算我們離婚了，我也希望她可以重新開始，好好的過日子。如果一定要有人被懲罰，那應該是我才對。」

「夠了，我不想再聽到這種話，好像你們都是聖人一樣。講難聽一點，這不就是選擇嗎？我選擇了工作，所以失去了你；你擇了夢舒，所以失去了我；夢舒選擇了你，所以失去了我們的友情。所有的選擇都有代價，你們留給我的陰影，我不也自己吞了嗎？」

「我知道來找妳幫忙這件事很不要臉，但沒辦法，除了妳以外，我覺得沒有人可以幫得上夢舒了。」

我看著吳世學，沒有給他答案，只是深吸口氣後說：「以後不要再來找我了。」

然後我開車走人，一回家又遇到堵在門口，像在抓犯人的魏以晨。他還沒有開口，我就先說了，「不要跟我講話，離我遠一點。不管你想幹嘛，或有什麼打算，不好意思，我都拒絕。」

然後，我直接開門進去，他也沒有攔我。

我連燈都沒有開，直接坐在門口，我覺得很悲傷無力，真的很悲傷無力。

他只用十分鐘推翻了我的十幾年，我以為我是受害者，一直用這樣的姿態活著。我覺得他們都對不起我，所以我可以盡情憤怒、盡情的恨他們，結果卻不是我想的這樣。我覺得很可怕，好像我那十幾年都是白過一場。

而且此時此刻，我竟然好有罪惡感。

我不願回想我和夢舒重新碰面的時候，我選擇不去想她，但現在她蒼白憔悴的臉一直浮現在我的腦海裡。

四十歲的我，討厭死了三十歲那個自以為是的我。

我就這樣坐在這裡，掉下好久沒有掉過的眼淚，為三十歲的我哭。

我不知道哭了多久，我只知道當我再次醒來時，魏以晨在我身旁，而我躺在床上，全身毫無力氣。

「妳燒了兩天，請憶珊幫妳請假了。」

我聽完這句話之後，又迷迷糊糊睡著了。

再一次醒來，旁邊的人還是魏以晨。他趴在我的床邊睡著，一旁還有他的筆電，看起來就是工作到睡著的樣子。這次我已經有力氣坐起身來，而我的移動，讓他醒了過來，他幾乎就是驚醒的跳起來。

「你幹嘛？」我有點嚇到。

他沒回答我，只是過來摸著我的額頭，「終於退燒了。」

「我一直發燒嗎？」我只是以為我睡著了。

「嗯，今天第五天。」

好的，這次彈起身來的人是我，「五天？」

所以今天是十一月一日？我居然錯過了公司的重要檔期，我到底在幹嘛？我馬上衝下床，然後魏以晨很快的拿了我的手機給我，我想都沒有想的撥了出去，整整跟憶珊講了一個小時的電話。

確定順利結束後，我整個人才癱坐在地上。憶珊告訴我，「別擔心，老總沒生氣，他還很擔心妳，要妳多休幾天。」

我根本不在乎他爽不爽，我只在乎我的團隊的辛苦有沒有白費。

魏以晨扶我起來，我看著他，掙開他的手，保持了一些距離的問：「你這幾天都待在這裡？」

他沒理我，把我推到床上去，拉起被子幫我蓋上，然後走了出去。我覺得莫名其妙，才要下床的時候，他又進來，端了一碗粥放到我手上。我才剛要開口，他就挖了一口塞到我的嘴裡，我只好勉強吞了進去，才想要再說話，他又再挖一口。在他要塞到我嘴裡的時候，我生氣的把湯匙拿過來，自己吃。

他盯著我吃完後，把碗收走，我受不了的跟了上去。

他走到廚房洗碗，我站在他旁邊繼續說：「我沒事了，你可以走了，謝謝你。」他還是繼續洗他的，然後去客廳的桌上拿了一包藥遞給我，再幫我倒了杯水，就這樣靜靜看著我。

我深吸口氣，把手上的藥吃掉後，什麼話都還沒有說，他就拿了他的電腦離開我家了。

我頓時覺得我家變得好大，但我只能自己彌補這樣的空虛。

雖然我不明白魏以晨為什麼會對我有這樣的心思，我真的很意外。以他的條件，找個更漂亮更年輕的女孩子並不難，未來我能給他的，真的不多。我依然沒有結婚的打算，我的卵子還會一年不如一年，這樣他除了得到一個逐漸老去的女人外，什麼都沒有。

太可憐了。

這條線，我絕對不能跨過去，無論我有多少次因為他而心悸，我都不能越線。尤其在那天和吳世學碰面後，我真的好害怕未來的某一天魏以晨也會討厭我。最重要的是，我可能也會害他不快樂。

有年紀的人，是要以大局為重的，不然別人會說你不對。

有年紀的人，也是不能洩氣太久的，不然別人會說你不夠成熟。

所以我只能牙咬著，重新整理自己。但老天爺就是不會放過妳，隔天我一去公司，憶珊就又一直跟我說，我病了的這幾天，魏以晨是如何的細心溫柔、不離不棄，是人都會感動，更何況是我。

連喬治也打來說他哥這幾天有多辛苦，講到好像我沒有以身相許報答他，就是我的不對。「幫我謝謝他。」我跟喬治說。

「妳自己說。」然後他就掛我電話。

他這樣真的是整個激到我，自己說就自己說！但接下來的一個星期，我都沒有遇過魏以晨。而我也不能按他門鈴，我覺得按了，我就控制不住了，只能在大庭廣眾之下巧遇，然後誠心誠意的、輕輕淡淡的說一句謝謝。

就算我再怎麼想他、想見他，都要忍住。

但有件事是我可以先做的。

當我準備好先面對夢舒時，我請維芯安排我們見面。可我得到的答案卻是夢舒在住院，因為她吞了半瓶安眠藥。

我開車去醫院的路上，不知道自己已淚流滿面。

我走進病房，雖然和阿姨的病房不同樓層，但裡頭格局一樣。我忍不住想到阿姨的離去，再看著差點離去的夢舒，我第一次這麼討厭醫院。

夢舒看到我，別過頭去。

我拉了椅子在病床旁坐下，看著她還是那麼漂亮的側臉，我忍不住說：「是不是還有很多人誤會妳的鼻子是用做的？」

因為太好看了，大學時，不少忌妒她的女生，都說她拿爸媽錢去整型。在那個醫美還不流行的年代，被說整型可是對家庭背景的恭維。

她轉過頭來看我，面無表情的說：「看我躺在這裡，妳是不是覺得很高興？是不是覺得很得意？這幾年妳越過越好，但我卻是這個德性，妳是不是覺得我活該？是不是覺我罪有應得？」

她越說越哽咽，最後把被子蒙上臉，我知道她哭了。

「妳是啊！不是很大聲說，我跟吳世學，妳選他嗎？這是妳自己的選擇啊，不是嗎？然後妳現在傷害自己是什麼意思？」

被子裡傳來啜泣聲說：「那也是我自己的事，不要妳管。」

「妳以為我愛管嗎？我本來就沒有打算管，我只是來表明我的立場，之後隨便妳要怎樣。」

過了好久，啜泣聲停了，她緩緩的拉下被子，看著我說：「有話快說，說完妳就可以走了。」

我深吸口氣對她說：「吳世學來找過我。」她愣了一下，看起來她以為她現在的狀況都是維芯告訴我的。

「然後呢，你們要復合了嗎？」

「妳是把我楊芷言看得多沒志氣？都過那麼久了，妳以為我還在乎一個吳世學嗎？妳真的是……都四十了，腦子怎麼不拿出來用一下？吳世學說我一樣倔，拜託一下，妳才是一樣拗。妳可不可以放過妳自己？」

她沒說話，只是靜靜的看著我。我把吳世學那天來找我的事全說了一次。

「我承認剛分手那段時間，我恨妳比恨吳世學還多，因為妳對我來說，比他更重要，現在也是。但夢舒，我現在此時此刻，對妳沒有任何的恨跟責怪。我真的希望妳過得好，我真的希望妳能放下過去，好好的生活！如果要說十幾年前的那件事是個錯誤，那我覺得它更像是遺憾，而現在唯一能彌補這個遺憾的，就是我們三個都能快樂。對不起，無論如何，我覺得我自己欠妳一個道歉，沒有發現妳的痛苦和委屈。」

夢舒哭到不行，抽抽噎噎的直說：「我也對不起妳、對不起、對不起……」

媽的，原來人生給我們的教訓就是要學會說對不起嗎？

我伸手緊握住夢舒的手，我不知道這樣她病會不會就好了，但我知道的是，接下來的日子，我會陪著她。就像過去我失去爸媽時，她陪伴我一樣。

我忍不住說：「妳覺不覺得，我們以前講的事要成真了？」

「什麼事？」

「就是以後要一起住養老院這件事。」

她這才破涕為笑，「有可能。」隨即又一臉落寞，「可惜不知道水仙去哪裡了，我有試著找過她，但沒有任何消息。」

「不急，總有一天會出現的，就像妳和維芯一樣，我以為這輩子再也見不到妳們了，可妳們還是出現了。出來混，早晚都要還的，邱水仙那時候欠我們那麼多，她早晚都要出面來還的。」

我們相視一笑。

然後我還有個問題想要問她，「我有件事一直想不明白。」

「什麼事？」

「如果妳覺得對不起我，為什麼那天妳要打我巴掌？」

夢舒一臉尷尬，「我也不知道，可能是太緊張了，想說先打先贏。妳不也是打我了嗎？妳幹嘛打我？」

「我想說輸人不輸陣。」然後我們兩個都笑出聲。

過去，我一直覺得人生很短，短到什麼事都沒有做，就四十歲了。但現在發現人生真的很長，長到可以莫名其妙的讓你重新找回過去，而最重要的是，長到讓我們準備好去面對那些錯誤。

後來維芯也來了，我們三個人聊了一整晚，直到被護理師趕回家，因為夢舒需要休息。

我看著夢舒的眼睛，我知道她沒事了，就像吳世學說的，她過去最大的心結是我，而這一秒，夢舒現在最大的心結，就只是她要怎麼讓自己重新開始。這個我幫不了她，但我會陪著她。

熟悉的感覺回來了。送維芯回家的路上，我們一句話都沒有說，可心裡的滿足感都在臉上，我們知道這一次說再見的意思是，明天、後天，未來的每一天都會再見。

帶著這樣的感動回家，但想到魏以晨，我的笑容就不見了。

是我那天說的話太狠嗎？讓他氣到不想理我？還是那個美珠又去煩他？他又受傷了？我越想越覺得害怕，用藍芽耳機打給魏以晨，但電話是個女人接的，「您撥的號碼沒有回應。」

我掛掉再撥給喬治，通了，卻沒有人接。

我快速的停好車，搭電梯上樓，然後要按電鈴時，我又縮回手了。我害怕，我真的害怕我看到他，就是一道星星之火可以燎原，我會變成全天下最沒有良心的女人。

我掙扎不已，突然門開了。

我就站在門口，無處可逃，不曉得要用什麼方式面對魏以晨，結果走出來的居然是美珠。我什麼都不管的先推開美珠，然後衝進去屋子裡，看到魏以晨站在沙發旁，白色的襯衫袖子又有一抹血漬。

我真的是豁出去了，轉身就要找美珠算帳。我揪著她的領子，「我不是說了，不准妳再傷害他？他是妳兒子啊，有本事對著我來啊，來啊，看妳要丟什麼都行，丟我啊！」

美珠也氣炸了，伸手又是抓著我的頭髮，然後我們就打起來了。魏以晨趕緊過來制止我們，先是拉開美珠，再把我拉到身後，但我和美珠就算隔一個魏以晨照樣嗆聲大吵。

美珠破口大罵，「妳怎麼那麼不要臉，現在還在糾纏我兒子？馬上離開我兒子家，滾出去。」

「我不滾，我就是要糾纏他一輩子，怎樣！」

「妳這個瘋女人，也不想想自己多老了，妳能給我兒子什麼？我不能接受，妳馬上給我走，不然我就死給你們看。」

「好啊，妳死了，魏以晨剛好可以鬆一口氣，然後我想跟他幹嘛就幹嘛！」

「妳叫我死就死嗎？我偏不死。」

這種大聲嚷嚷的人，根本不會真的要死，「隨便妳！妳爽就好，但是我再認真的跟妳說，這是我最後一次忍耐妳。如果妳再在他身上留下任何一道傷口，我就帶魏以晨私奔，讓妳一輩子都看不到兒子！」

我拉著魏以晨沒受傷的那隻手走人，準備要帶他去醫院包紮，「走，先去醫院處理傷口。」

然後他不動，我因為反作用力跌進他的胸口，他笑笑的吻了我。

對，就在他媽面前。美珠大叫一聲跑了出去，我推開了魏以晨，沒好氣的瞪著他，「你真的瘋了，都什麼時候了，不先去擦藥是在幹嘛？」

魏以晨帶著微笑，指著他袖子上的血漬說，「這是番茄醬，我剛在整理冰箱過期的醬料。」

我頓時真心覺得自己很上不了檯面，這麼容易大驚小怪。我沒好氣的瞪著他，「你不用這樣笑，我剛說的只是為了要打發你媽，我們不可能在一起，也不能在一起，我怕天打雷劈，你可能過一陣子冷靜之後，就會發現，你只是一時搞錯……」

「會搞錯的人，比較像是妳，一下搞錯，以為我是同志；一下搞錯，以為我是男公關。楊芷言，我對妳的喜歡，我不可能會搞錯。」

「不要再說了，我不要想聽，不要以為我會投降。」

「妳會。」他信誓旦旦的對我說。

我真心覺得我會，所以我害怕的落荒而逃，回到我家，躲在我的房間裡掙扎不已。接下來的幾天，偶爾會在門口碰到他，然後他只是給我一抹帥氣的微笑，什麼也不說，就直接回他家。結果我每次看到他的笑容就一肚子氣，這個世界裡，好像只有我一個人獨自掙扎。

的確，只有我在掙扎。

掙扎到連美劇都看不下去，拿起手機滑開ＩＧ就看到喬治、憶珊和魏以晨三個人一起吃晚餐的照片，我更是火大。魏以晨還比了「耶」，到底多老氣？我氣到把手機往沙發丟，突然響起訊息聲，我馬上再拿起來，以為是魏以晨傳給我的。結果不是，是阿紫奶奶。

她把吃火鍋那天，偷拍我和魏以晨洗菜、準備材料的照片傳給我，然後寫了一句話，「是不是很久沒有看過自己這麼幸福的表情了？」我心裡一緊，走到鏡子前面，看著這幾天因為掙扎，睡不飽、吃不下而凹陷的臉頰。

我突然很心酸。

我很想戰勝自己的心魔，可是我無能為力，我覺得自己再繼續待在屋子裡會窒息。我隨手拿了小外套，走到便利商店買了冰棒，邊走邊吃，想讓自己冷靜下來，想著有沒有辦法可以收回自己喜歡魏以晨的心情。

可是我發現沒有，就是很想他，然後才吃一口的冰，冰棒的棒子居然斷了，整個掉到人行道上。我站在原地傻住，突然覺得自己臉濕濕的，不知道是因為對魏以晨的感情，還是因為只吃了一口的冰。

我好討厭自己，為什麼不能勇敢的接受？為什麼不把冰拿好？為什麼什麼事都做不好？

我哭了出來，像個孩子邊哭邊走回家。

突然有道人影站到我面前，溫柔的問我，「怎麼啦？」

我胡亂抹去眼淚，魏以晨正站在我的面前。我也不知道自己在生什麼氣，推開他就快步往前走，越走越快，幾乎是用跑的，然後他從後面抱住我，「再跑就要跌倒了！」

我生氣的轉身推開他，「關你什麼事，你不是吃飯吃的很開心嗎？」

他笑了笑，「妳氣我們去吃飯沒有約妳？」

「我是氣你怎麼有心情吃飯？我都吃不下！」我氣炸了。

他過來拉住我的手，「為什麼吃不下？」

他的問題，我頓時回答不出來，他卻替我說了，「因為還在掙扎要不要接受我嗎？」我想抽回我的手，但他不讓，「其實我也吃不下，我也很擔心妳掙扎之後就放棄了。可是除了讓妳自己心甘情願愛我以外，我沒有別的選擇。我也睡得不好，我每次在門口碰到妳，都想把妳拖進我家，可是我不能，妳知道我的痛苦嗎？」

我看著他，覺得我們都好傻。

「我們都不要再掙扎了好不好？」他看著我。

我抽回了我的手，轉身往前走，我聽到他在我身後重重的嘆息聲。我回過頭去，抹去臉上的淚痕對他說，「回家，煮飯給我吃。」

我看到了他原本失落的臉上，有了前所未有的燦爛笑容。雖然我知道他笑起來很好看，但此時此刻他的笑臉在我眼前發亮。我們都不掙扎了，既然最後還是會妥協，那我還是想把時間花在相愛上面。

他朝我跑來，緊緊抱住我，我也緊緊的抱住他。但當享受完這確定彼此感情的動人時刻後，我最擔心的還是美珠。我拍拍他的背問，「那個，我是不是要去跟美珠道歉一下，我好像對她太凶了。」

「不需要，那天我都跟她說清楚了，我不會再讓她找我麻煩，因為我有想要保護的人了。」

他看著我，眼神之深情，但我實在忍不住吐槽他，「你說的那個人不會是我吧？但好像都是我在保護你？」

「不讓妳擔心，也是一種保護。」

「美珠到底來幹嘛的？」

「她來幹嘛的不重要，重要的是，妳來了。」

這句話就是在跟我說：妳輸了。

對，我早就輸了，是我自己不承認。和魏以晨相處的每分每秒都讓我很自在很舒服，我喜歡他所有的樣子。

「可是醜話我要先說在前頭喔，我是喜歡你，但喜歡離愛還有很長一段距離，我不想把承諾說死，我怕我們都會做不到。」

「沒關係，我本來就打算跟妳耗下去，我相信我自己的耐心。」

「現在是在跟我下戰帖的意思？」

「不，這是告白。」他說。

我笑了笑，然後換我吻了他。

你說四十歲了，到底該有什麼長進？一樣搞不定人生、搞不懂感情，年紀能代表的大概是你活過多少日子而已。於是最終我還是當了個沒有良心的女人，我不知道十年之後，魏以晨還會不會在我身邊，我只知道，就算四十歲了，還是可以任性和不懂事。

而我相信，五十歲的我，也可能會再次迷惘，但那又怎樣？活著，不就是一直在努力讓自己快樂嗎？

（全文完）

／後記／

# 我們都別害怕了

記得出版《那些愛，和那些寂寞的事》的時候，我正準備奔向三字頭，寫這本書的此刻，我正走在奔四的路上。

那時候寫很多愛情，這時候想寫的是人生。

有人說才四十，有什麼資格講人生？當然有，隔壁小孩今天爸爸不讓他看瑪莎與熊，他一樣可以感嘆他兩歲半的人生。如果說這十年是一個階段，我最大的成就就是寫了那麼多故事，然後從一開始就陪伴我的你們，至今偶爾還是會在ＦＢ或ＩＧ跟我對話幾句。

沒有想過自己能走到現在，其實中間有幾次覺得累，覺得不想寫。但我總覺得自己不能背叛你們，我跟你們之間是有義氣的，所以把一個個故事寫出來，如果說這本書想對你們說些什麼，我想說的是「不要害怕」。

不要怕老去、也不要怕自己一事無成，更不要怕自己至今仍獨自一人。我不是宿命論的人，我知道想要幸福，就得要走在能讓自己幸福的路上，我也明白生活的確很難，挫折也會一直來，低潮好像不會散去。可我也不知道自己哪來的信心，那些讓我們受不了的事，總有一天就是會過去的。

四十歲了，我想告訴大家的話，都在書裡了。

如果我能擁有一個願望，那我會希望大家都能對人生無所畏懼。

什麼都不怕的人，最強。

雪倫

國家圖書館出版品預行編目資料

也不是不愛了／雪倫著. -- 初版. -- 臺北市 ： 商周出版，城邦文化事業股份有限公司出版 ： 英屬蓋曼群島商家庭傳媒股份有限公司城邦分公司發行, 民 109.12
面 ； 公分. --（網路小說 ; 287）
ISBN 978-986-477-965-9（平裝）

863.57　　109019069

# 也不是不愛了

作　　者／雪倫
企畫選書人／陳思帆
責任編輯／陳思帆

版　　權／吳亭儀、黃淑敏
行銷業務／周丹蘋、周佑潔、黃崇華
總 編 輯／楊如玉
總 經 理／彭之琬
事業群總經理／黃淑貞
發 行 人／何飛鵬
法律顧問／元禾法律事務所　王子文律師
出　　版／商周出版
台北市中山區民生東路二段 141 號 9 樓
電話：(02) 2500-7008　傳真：(02) 25007759
Blog：http://bwp25007008.pixnet.net/blog
Email：bwp.service@cite.com.tw
發　　行／英屬蓋曼群島商家庭傳媒股份有限公司城邦分公司
聯絡地址：台北市中山區民生東路二段 141 號 11 樓
書虫客服服務專線：(02) 25007718・(02) 25007719
24小時傳眞服務：(02) 25001990・(02) 25001991
服務時間：週一至週五09:30-12:00・13:30-17:00
郵撥帳號：19863813　戶名：書虫股份有限公司
讀者服務信箱 Email：service@readingclub.com.tw
城邦讀書花園網址：www.cite.com.tw
香港發行所／城邦（香港）出版集團有限公司
地址：香港灣仔駱克道 193 號東超商業中心 1 樓
Email：hkcite@biznetvigator.com
電話：(852)25086231　傳眞：(852) 25789337
馬新發行所／城邦（馬新）出版集團【Cité(M)Sdn. Bhd.】
41, Jalan Radin Anum, Bandar Baru Sri Petaling,
57000 Kuala Lumpur, Malaysia.
電話：(603 ) 90578822　傳眞：(603) 90576622

封面設計／山今伴頁
版型設計／鍾瑩芳
排　　版／游淑萍
印　　刷／高典印刷有限公司
經 銷 商／聯合發行股份有限公司
電話：(02) 2917-802　傳眞：(02) 2911-0053

■ 2020 年（民 109）12月3日初版　Printed in Taiwan

**定價／260元**

著作權所有・翻印必究

ISBN　978-986-477-965-9

城邦讀書花園
www.cite.com.tw

商周出版

| 廣 告 回 函 |
|---|
| 北區郵政管理登記證 |
| 台北廣字第000791號 |
| 郵資已付，免貼郵票 |

104台北市民生東路二段 141 號 2 樓

**英屬蓋曼群島商家庭傳媒股份有限公司　城邦分公司**

請沿虛線對摺，謝謝！

商周出版

| | | |
|---|---|---|
| 書號：BX4287 | 書名：也不是不愛了 | 編碼： |

請於此處用膠水黏貼

商周出版

# 讀者回函卡

感謝您購買我們出版的書籍！請費心填寫此回函卡，我們將不定期寄上城邦集團最新的出版訊息。

不定期好禮相贈！
立即加入：商周出版
Facebook 粉絲團

姓名：________________ 性別：☐男 ☐女

生日：西元________年________月________日

地址：________________

聯絡電話：________________ 傳真：________________

E-mail ：

學歷：☐ 1. 小學 ☐ 2. 國中 ☐ 3. 高中 ☐ 4. 大學 ☐ 5. 研究所以上

職業：☐ 1. 學生 ☐ 2. 軍公教 ☐ 3. 服務 ☐ 4. 金融 ☐ 5. 製造 ☐ 6. 資訊
☐ 7. 傳播 ☐ 8. 自由業 ☐ 9. 農漁牧 ☐ 10. 家管 ☐ 11. 退休
☐ 12. 其他________________

您從何種方式得知本書消息？

☐ 1. 書店 ☐ 2. 網路 ☐ 3. 報紙 ☐ 4. 雜誌 ☐ 5. 廣播 ☐ 6. 電視
☐ 7. 親友推薦 ☐ 8. 其他________________

您通常以何種方式購書？

☐ 1. 書店 ☐ 2. 網路 ☐ 3. 傳真訂購 ☐ 4. 郵局劃撥 ☐ 5. 其他______

您喜歡閱讀那些類別的書籍？

☐ 1. 財經商業 ☐ 2. 自然科學 ☐ 3. 歷史 ☐ 4. 法律 ☐ 5. 文學
☐ 6. 休閒旅遊 ☐ 7. 小說 ☐ 8. 人物傳記 ☐ 9. 生活、勵志 ☐ 10. 其他

對我們的建議：________________

【為提供訂購、行銷、客戶管理或其他合於營業登記項目或章程所定業務之目的，城邦出版人集團（即英屬蓋曼群島商家庭傳媒（股）公司城邦分公司、城邦文化事業（股）公司），於本集團之營運期間及地區內，將以電郵、傳真、電話、簡訊、郵寄或其他公告方式利用您提供之資料（資料類別：C001、C002、C003、C011 等）。利用對象除本集團外，亦可能包括相關服務的協力機構。如您有依個資法第三條或其他需服務之處，得致電本公司客服中心電話 02-25007718 請求協助。相關資料如為非必要項目，不提供亦不影響您的權益。】

1.C001 辨識個人者：如消費者之姓名、地址、電話、電子郵件等資訊。
2.C002 辨識財務者：如信用卡或轉帳帳戶資訊。
3.C003 政府資料中之辨識者：如身分證字號或護照號碼（外國人）。
4.C011 個人描述：如性別、國籍、出生年月日。

請於此處用膠水黏貼